My Little Son, My Big Girl

你是所有的美妙

〔麦〕卡尔·埃瓦尔 著

楼武挺 译

云南出版集团
云南美术出版社

亲爱的孩子，

你的生命由我所生，亦交由我呵护。
你为我的生活增添了不少妙趣，
在我生命的源泉面临干涸之际
重新为我注入活力与快乐。

亲爱的孩子，

在我眼中，
你是所有的美妙！

Contents 目录

My Little Son
亲爱的儿子

01 她正怀着我俩的孩子

她正怀着我俩的孩子。

一周前的某天早晨，她来到我面前，满脸忧愁，那种表情通常只在她独自做出什么最后决定时才有。

"快说出来呀，我好照做。"我说。

她走到窗边，站在那里望着外面，一言不发。

我看着她。

沉重的身体令她疲惫不堪、紧张难安。她对身边俗务已毫不在意，一心只牵挂体内的那个世界。

"你知道吗？"我说，"自孩提时起，我就一直认为怀孕的女人非常美丽。一个人要想快乐，心中就得有一处不执着于对美的认知和对完美的渴望——这样的话，不管孕妇、孩子、心上人还是乞丐，在他眼里都是美丽的。"

她点点头，但并未认真听。

"我打算离开一段时间。"她说，"看着我遭罪却帮不上忙，只会让你痛苦。而我呢，会一直想着这事，也会更加难受。"

"行，你走吧。"

听我答应得爽快而干脆，她转过身，看着我。

"你也这么打算过？"

"不——不，从没想过。不过，你考虑得没错，我完全同意——但不是你想的那个意思。要是你待在家里，我会履行自己的职责。不过……"

她再次望向窗外。决定已开始化为行动，她的心已飞至要去的地方。她着手收拾所有要带走的奇奇怪怪的衣服，然后又着手整理房间，边整理边盘算将来婴儿床该摆在哪儿，怎样才能确保床上的孩子万无一失……

"这段日子以来，我很想一个人静一静。"我说。

"好像要有孩子的人是你一样。"

"难道不是吗？"

两个人都笑了。

不过，我想为自己辩解一下。

"在生孩子这件事上，世人过于看重女人承担的部分了，你不觉得吗？仅仅因为那些显而易见的生理反应，怀胎九月啦、产痛啦，诸如此类。男人从来得不到任何同情。他在隔壁房间边揉搓双手边来回踱步，心中满怀愧疚。他胆怯地望向医生、助产士或周围任何人，却只能得到生硬的回答。孩子生下来后，人们通知他的语气往往带着弦外之音：他真得感谢上帝，否则凭他的恶行，本该得到更坏的恶报。这真是既荒谬又不公，非常不公。你知道，男人肩负着完全不同的职责，而且他们对待自身职责的态度要比女人严肃得多。他甚至不太介意在肉体上承受些许疼痛……"

我俩再次笑了，接着又进行了一番具有哲学深度的讨论。可惜这些话并未刊印出来，传之于世。

次日早晨，她动身前往乡下姐姐家。在火车站台告别时，我俩都很愉快。她一心盼着尽快赶到目的地，而我呢，一点也不担心，仿佛她是要去看戏或野餐。

当然，家人们非常气愤。

从没见过谁的妻子离开自家安乐窝，去很可能哪儿都潮湿且不舒服的陌生房子里生产。何况她在那里既不认识医生，也不认识助产士，还远离孩子的父亲和保护人。如果这位古怪的丈夫真那么神经紧张，干吗不自己离开家呢？何况他本来就爱跑去乡下，借宿在最没人想住的地方，一住便是数周甚至数月之久。

不过，如果一个人愤怒，是为了坚决维护自己的体面不受丝毫损害，倒也算是值得敬佩的正直之举。

02 那个夏日

我独自待在空阔而寂静的家里。

这正是之前我所渴望的，但真遂愿了，却并不总是感到开心。偶尔忧思过头，慵懒和空虚便会乘虚而入。

曾经，我有过一个花园，在里面一边劳作，一边等待春天降临，十分惬意。我心中充满了期望，那期望就在胡桃树上挂着的鸟舍里，在玫瑰花蕾和刚亲手栽下的种子里。

后来的那些年，我失去了自己的花园。春天降临时，我心中仍像过去那样充满期望。可那些期望既无形状也无色彩，只在大地上到处梦游。

现在正是如此。我的花园没有了。不同于她，我的心旁没有另一颗心在跳动，时时给我提醒，给我命令，给我希望。

电报怎么还不来？

我打开所有的门，信步踱进她的卧室。里面显得异常冷清、空荡。我呆立于镜子前，在落满灰尘的镜面信手涂鸦。

我以极快的速度，画了许许多多展翅飞翔的鸟儿。

隔壁房间传来阵阵欢笑。发出笑声的是女佣和她的男友。这些日子，由于我不在家吃饭，女佣过得很闲，只需照顾自己即可——当然，还有她男友。一直以来，我和妻子都有一个默契：只雇请有男友的女佣。有男友的比正在找男友的强上百倍。而没有男友又不去找的，必然性情乖张。

我喜欢听隔壁传来的欢声笑语。我完全能想象他俩在怎样打情骂俏：你戳我，我掐你，相互亲吻，含羞作嗔。我仿佛正目睹女佣此刻的模样：两颊绯红，眼波流转，嘴唇贴着男友的嘴唇。

听到召唤，女佣应声赶来，得了吩咐又再次离去。但现在听不到任何动静了。他俩知道主人正在隔壁。

我想起身离开。

就在此时，我瞥见镜子上飞翔的鸟儿，于是停下脚步。我想起一个地方：夏日的沙滩，许多海鸥在翱翔……

在那处沙滩上有她，有我，还有另外几个人。其中一人说了几句贬低孩子的话，我听后非常震惊，但在那个瞬间，她的目光对上我的目光，让我立刻平静了下来。于我而言，除了自己，还有一个人也感到难过且气愤，这便足够了。

我突然意识到，刚才在画那些鸟儿时，我潜意识里正想着那个夏日。我无法解释原因是什么，但事实的确如此。

那时，她和我之间没有任何关系。我几乎没注意到她。这些年来，我也从未想起那天的场景。可此时此刻，脑海突然清晰地浮现各人的脸、说的话，甚至能感觉到海风吹拂脸庞……

突然，我明白了，正是在那时——那个夏日，海鸥在翱翔的那处沙滩——上天已注定我俩会有这个孩子。

房间变得越来越空阔，我感觉非常温暖。我的忧虑一扫而光，心境也起了变化。我感觉自己缩小了，但依然完整。自知这会儿没勇气面对眼波流转、两颊绯红的女佣，没勇气听她和男友打情骂俏，我快步离开所在房间，并依次关上身后所有的门。

03 祖先们

真遗憾，我不是傻瓜。

还有，仔细想一想，挺奇怪的：这世上的傻瓜和形形色色的疯子多得数不清，剩下的正常人却少得可怜，而且正常人彼此之间各种看法极为一致，为人处世又几无本质差异，结果每逢相遇总是无聊到死。也许正因为如此，他们才酗酒、写书、创作剧本，换一个又一个女人。

例如，有位傻瓜自豪于儿子和自己很像，像得简直是从一个模子里刻出来的：一模一样的耳朵——活像大开的出租车车门，一模一样的阔嘴，一模一样的平足。可儿子长大后如果行为不端，那位傻瓜老爹便会为自己生了不孝子而唉声叹气。他不明白这一切到底怎么来的，只能揉搓着双手向上帝求告。不过他过得还是挺开心的。再例如，有个傻瓜对遗传深信不疑，绝不接受任何人反驳。他同样过得很开心，因为总有先祖可以归咎。这感觉真是太爽了。

接下来说说我自己吧。

我信步踱进挂着祖先遗像的餐厅，那里很适合挂祖先遗像。这样，每次吃饭，桌边必定会有几位出身不错的人作陪。我打开所有的灯，拉过安乐椅，舒舒服服地坐下，又点起一支最好的雪茄，倒上一大杯葡萄酒，开始打量那几张早已熟记于心的面孔。

我家祖上并没有多优异，因此也就谈不上一代不如一代。迄今为止，祖先的相貌特征并未随代际更迭而逐渐走样。大家都长得棱角分明、与众不同。每代人都是自由择妻，且不会因此发生任何家庭口角。所选的妻子无一不把她高挺的鼻子遗传给儿子。

餐厅里挂着我曾祖、祖父和父亲的遗像。他们都是长子。我也是。

对于我的孩子来说，这是好兆头。在铺着新被单、挂着新帷帐的床上出生，在尚未磨损的地毯上爬来爬去，人生中接受的首次爱抚来自尚未洗厌婴儿屁股的双手——多好啊！毕竟，作为家中长子，并无多少特权，除了有机会见证父母最纯洁的力量和对人生美满的信念……

我饮尽杯中的酒，又重新斟满。

我对母亲的家庭不及对父亲的家庭这么熟悉。她家的情况我实在毫无了解，只知道她的几个姐妹嫁得很不错。

母亲和我曾是敌人——天生的、不可调和的敌人。孩提时，这令我既迷惑又痛苦。渐渐懂事后，我开始理解我俩之间的敌意，也开始理解她。

母亲生性比父亲要强，心气极高，可为了日子能过下去又不得不妥协。她瞥向父亲的眼神总是充满厌恶和怨恨——其实，父亲虽不及母亲能干，但一生安分守己。她还天天拿孩子来报复丈夫：如果孩子听话，就鄙视他们；如果孩子反抗，就惩罚他们。

我成了她的法定继承人，这让她感觉既耻辱又愤怒。她躲着不见我，对我撒谎，还不断找我麻烦。当我终于挣脱束缚，走上命中注定要走的路，她又跳出来横加干涉。

意识到自己是她孩子那天，我开始恨母亲——照理说不应该，因为她已不再对我负责。可当时我还太年轻，不懂得体谅别人，而且正处于困厄中，需靠仇恨支撑下去。

今晚，我朝母亲那张苍白的脸——我见过的最冷酷的脸——举起酒杯，以表敬意。

敬爱的母亲，过去，我们母子俩水火不容，可那又怎么样呢？过去的事就让它过去吧。相比父亲，您对我的恩情更大。我感激您给予我的一切，也很高兴自己的孩子能有这样一位祖母。

我饮尽杯中的酒。我的内心变得坚强，继而开始浮想联翩。我不再是焦急等待孩子降生的年轻人，眼下正打量祖先遗像消磨时间，而是变成了先知、巫师，企图召集祖先的亡灵，以通过他们的眼睛和年谱，推演自己孩子的星象。

盯着母亲及列位祖先的遗像时，我心里"咯噔"一下，魂儿也飘出了窗外。眼前只剩下一张张面孔，脑子里充斥着关于这些素未谋面之人的逸闻趣事，乱作一团。

这些人中，有庸碌似蝼蚁之辈，也有嗜酒如命之徒；有可笑的势利小人，也有乐呵呵的无赖；有闹过离婚的，也有出过丑闻的；有留下私生子的神职人员，他安详地离世，并在教众的敬仰中得到安葬；还有头发中分的女子，举止娴静，心地善良……

很好。

我再次斟满酒杯，接着转向孩子外婆的遗像。她是一位虽年近古稀，但绝对美丽端庄的老夫人：头发乌黑浓密，双眸不含一丝浑浊，嘴巴也未现任何老态。她的倔强如灾难般令人畏惧。

有一回，我把那位老夫人径直拖出家门，丢在街心。我俩之间并无其他隔阂，只是在宗教信仰上略有分歧。但当时我以为这会毁了自己的家庭。自那天起，我俩一直相互尊重，并按自己的人生信条各尽本分：她为我的灵魂祈祷，我则努力让她女儿幸福。

我仍记得关于那位老夫人的一件往事。她很早便没了丈夫，独自拉扯六个孩子，日子过得非常凄苦。有天回家吃饭，家里仅剩三片面包干。她便把那些面包干切成十二份，每个孩子两份，同时谎称自己至少两周不用吃东西，因为国王刚宴请过她：其中一道菜是汤，好喝得超乎任何人的想象；另一道是美味的烤鹅。此时，无论是讲的人还是听的人都两眼放光。孩子们假装把汤洒到了桌上，遭到大人训斥；假装他们真的吃不下那么多烤鹅。最后，他们快乐而满足地离开了餐桌。

夫人，请让我敬您一杯！您重新演绎了《圣经》中的寓言。有这样一位杰出的祖先，我的孩子定将引以为荣。

我把瓶里剩余的酒全部倒入杯中，接着朝一位老人深鞠一躬。这位老人脸盘不小，一头白发留得很长。他是我的祖父，生前既是英勇的战士，也是彬彬有礼的绅士。祖父年轻时当军官那会儿写的其中几封信，我至今熟记在心。那几封信充满斗志，言辞恳切，同时又合情合理，绝无半点妄自尊大之意。上了年纪后，祖父经常静坐着，读着苏林·凯尔克高[1]的作品。晚年的他面相威严，走在街上，路人会本能地给他让路。

而现在……

我恢复了平静，心头洋溢着自豪、快乐。我看了看孩子的外婆，又瞧了瞧孩子的曾祖父。您愿意对这位夫

1　苏林·凯尔克高（1813–1855），丹麦哲学家、神学家。

人伸出胳膊吗？不必犹豫，她不仅美丽，而且端庄。夫人，您愿意陪伴这位老先生吗？正如您所见，他地位尊贵，而且我向您保证，他品性也非常正直。

我邀请你俩——家族历史上最杰出的两位——见证我孩子的出生。我恳求你俩赐予他所有优秀的禀性。

就在此时，门铃响了。

酒杯从手中滑落。我缓缓地搓了搓脸，接着跑出门外。空无一人。

纯属幻听。脑海里响起的门铃声，是在召唤我回到现实。

04 当爱降临

正值春天，我得离开城市去郊野踏青。我不停地走，直到把所有街道弃在身后。不久，我便来到人迹罕至的偏僻之地。

年少时，我总去树林寻找慰藉。自那时起，不管是感到喜悦还是悲伤，无一例外，我都会前往树林。

只要雀鸟婉转的歌声仍能打动我的灵魂，普普通通的醋栗仍令我着迷，教堂钟声的魔咒便永远对我不起作用。只要……

雀鸟婉转的歌声将我从遐想中唤醒。我心头洋溢着喜悦，感到浑身上下充满活力，而且正绽出无数新芽。头顶上方停落着一只小鸟，羽毛光彩熠熠，眼睛含情脉脉，歌声清脆响亮。

"当春天降临，就愉快地享受春天……当幸福降临，就愉快地享受幸福……当爱降临，就愉快地享受爱……"

阳光明媚，银莲花在风中摇曳。树木萌芽，蚯蚓打洞，泥土里满是虫卵和种子。

我听命于上帝的律法。这律法不是指黑心神父念叨的邪恶教条："汝必须，汝不得……"而是指雀鸟和银莲花吟唱的内容："你能够，你可以……"我在这春意盎然、万物萌生的树林，为自己即将降生的孩子祈祷。

他应该在以土地为生的人中间长大，脚踩泥土，面朝艳阳，一如这里的银莲花；应该长得强壮而挺拔；应该成长为兼具眼力和才智的人，虽遭受别人嫉妒与迫害，却能让大众折服。愿他一生都做绅士。愿他的好奇心深不可测，一如他的勇气、激情、爱和愤怒。

愿他找到永恒的上帝。

愿他走自己的路，坚持自己的原则。愿他要么沉默，要么呼喊——不要鼠目寸光，沉闷无趣。

愿他在丧失活力时弃尘而去。

我保证：决不给他的青春蒙上任何阴影，决不挫败他的锐气，决不会让他身着改自我的旧衣。当他身上裹着最奇怪的衣服、嘴里吐着最奇怪的语言出现，我会立刻宣称，这就是我的亲生儿子。

我会认同他的梦想、女人、朋友和诗作……

我哼着曲儿，在林间穿梭。今天的树林光彩流离，美妙非常，到处回荡着歌声。过了很久，我才猛地意识到，自己一直想当然地认为即将降生的必是儿子。

我不由得哈哈大笑。

不过，若是女儿，就让她嫁给我希望自己儿子成为的那类人，为那人带去幸福吧。她和我早晚会对那人的孩子称颂其父的人格。

我的精力从未如今天这般旺盛。不停地走啊，走啊，最后走进几处偏僻的林间小舍。那些林中居民不知我会去，更不知我是谁。我喝着他们的淡啤酒，与他们瘦弱的孩子聊天，用自己的喜悦感染所有人。接着，又去了那边极远的一家避暑餐厅。进餐过程中，我对着沙滩、云朵和太阳举起酒杯，杯中葡萄酒泛起耀眼的光泽。

我乘坐轮船，在暮色渐浓中回家。城市已变成一排灯光。那排灯光与我之间，隔着一泓黑乎乎的、汩汩作响的海水。

最后，终于来到自家门前。我划燃一根火柴，查看信箱，紧接着猛地打开信箱盖子，撕破信封。信纸似乎也点着了，在指间逐渐化为灰烬。在此过程中，我把下面这行异常醒目的文字看了无数遍：

　　一个漂亮的大胖小子！母子平安。

05 身为人父

儿子到家了。不得不承认，时间过得极慢，他还一片懵懂。距离我履行父亲的职责的时刻还为时尚早。

目前为止，儿子令我非常恼火。他经常哇哇大哭，令人心烦。但按他母亲的说法，这是身体和心理完全健康的体现。我该为此感到高兴，而我也确实如此，尽管有时非常希望他能找到更令人接受的方式来展现自己的英勇。

偶尔，儿子哭闹不止，搅得人心神不宁，我也会发火。此时，他那个了不起的母亲会以无比崇高的姿态，站起来开始大讲道理——那些话她已念叨无数遍，我早已铭记在心。最后，她问："难道你宁愿他病快快的、不发出任何声响？"我无可奈何，只得默不作声、悻悻而回。

做了母亲的女人堪比看门狗、母狮、白痴，完全不可理喻。

儿子由女人们负责照料，我当然也一直密切关注着。

我买了本育儿指南，名为"如何护理你的第一个孩子"。倒不是因为我想亲自出马——非分内之事我从不插手，再说，现在还没到履行父亲职责的时候——我买这本书是为了约束大家的行为。事实证明，这么做非常明智。

当然，孩子母亲也有自己的育儿指南。当然，她打算严格遵照指南所记文字的字面意义来养育小家伙。当然，由于心肠软，她一再犯下最可怕的错误。

例如：一般都是定时给儿子喂食，可当他哭闹不止，"把石头都要哭化了"，他母亲偶尔会把他抱起来，额外喂一次食。随着儿子的哭号突然中断，我便会生起疑心。一个真正的男子汉做事怎么能半途而废？于是我猛地冲进卧室，从他母亲温柔的怀里一把夺下他，残忍地扔回他永远不该离开的婴儿床。

再例如，每逢女性亲戚来我家，必定会把小家伙从婴儿床上抱起，递来递去，夸赞几句，亲亲这里，亲亲那里，直到我出现打断她们。此时那些高贵的女士就会质问，我以为自己是谁，凭什么认为她们不配亲我儿子。

"我对你们毫无了解。"我回答，"因此，我猜测你们全都感染了世界上最致命的疾病。"

女士们听了怒不可遏。我也一样。

"我会给你们买个巧克力娃娃，让你们可以舔到死。"我说。

一片惊愕，裙摆窸窣作响，那些女士气得说不出话来，但我还有话说：

"你们这些女士为什么不趁着还有时间，自己生个孩子呢？"

那些女士斩钉截铁地宣称再也不上我家的门。而我只能叹气，因为我知道她们总是说一套做一套。她们还赌咒发誓道，这么个可爱的宝宝，父亲居然是我这样的无赖，真是不幸之至。对此我只是笑笑，因为我清楚真相如何。

自然，我家也不会有像摇篮这类哄睡的玩意儿。儿子睡的是一张正儿八经的床。不过如果他不按时睡觉，他母亲便会边轻轻地摇晃他，边对他唱歌——简而言之，把他哄睡。

此时我就会像狂风骤雨一样气势汹汹地冲过去，撂下最可怕的威胁：我要割掉哄睡之人的舌头，我要把床死死固定在地上，哪怕用七匹马来拉也无法挪动分毫，我要把小家伙牢牢绑在床上。

自然，女士们也叫我过去见证儿子的首次微笑。我告诉她们，这位小先生脸上的此类抽搐，与快乐情绪毫无关系，只不过是胃部微微痛了一下的反应。可想而知，在听到这番耸人听闻的言论后，接下来的两周里，无论我说什么，女士们都不以为然。总之，不可否认的是：眼下，孩子母亲与我的关系相当冷淡。

不过没关系，对此我早有心理准备，也早已提醒过孩子母亲。在儿子还只是我俩对人生的畅想时，有一次，我俩在闲聊中提起了这个话题。在那一个小时里，我就说服孩子母亲，不要相信"孩子会增进夫妻关系"这种代代相传的错误观念。相反，普遍认为，在关系融洽的婚姻中，孩子是导致夫妻不和的唯一原因。

既然如此，我俩就又和好如初了。

孩子母亲意识到，我并非像她起初以为的那么蛮不讲理。而我发现，在某种程度上，得感谢她为我生了儿子。于是，我俩在儿子床边度过了许多快乐时光。可我总感觉不太踏实。没错，是该感激她，尊敬她，毕竟她让我体验了爱、友谊和男女之间的一切美好之事。问题是，我尚不知，她会成为怎样的母亲。

我见过在对待孩子一事上，最明白事理的女人也会丧失理智。聪明如我不会不知，一个女人有能力生孩子并不能保证她便有能力养孩子。而当孩子长大后变成一个不成熟的男人⋯⋯

我儿子一定得成长为真正的男子汉。

因此，尽管还没到亲自履行这些职责的时候，我还是开始间接履责。我的态度始终是冷静的、怀疑的——这对中和整个家里弥漫的狂热气氛极有必要。我表现得蛮横无理、脾气暴躁、反应冷淡、残酷无情。

不过，趁着没人注意，我也会偷偷瞧一瞧儿子。每逢此时，我会忍不住眼眶湿润、心肠变软；还会变得像一名母亲那样愚笨，惊奇不已地问自己，这个神秘的小家伙究竟是谁。

假如她们背着我，把别人家的孩子放在婴儿床上，我还会不会⋯⋯

06 探索生活

儿子开始探索生活。

他迈着两条膝盖外翻的细腿，小心翼翼地在人行道上蹒跚学步；什么都要瞧一瞧；每个苹果都要咬一咬，不管大人允不允许。

儿子并不漂亮，那长大后就更可能变得英俊。不过他非常讨人喜欢。

他可能突然绽露灿烂的笑容，也可能用冷冰冰的目光瞪你；他意志坚定、不受腐蚀——目前为止还从没为了一块糖而亲别人；他有喜欢的人，也有不喜欢的人。有人一直逗他，想获取他的好感，结果徒劳无功。而就在几天前，他却与一位女士交上了朋友。要知道，在他毫无拘束地爬到人家腿上之前，那女士几乎没注意过他。

儿子有个好习惯我很喜欢：一块儿走路时，遇到吸引他注意的东西，他便立刻放开我的手；等探明究竟，他的小手又会再次回到我手中。

儿子也有不好的习惯。偶尔，走在街上，他会平白无故突然冲向路人，用小棍子击打他们。我不清楚他这么做的动机，但只要他不打我，也就懒得理会。

很奇怪，儿子能从大人的谈话中听出一些深奥的字眼，在脑子里想一想，然后让我解释。

"爸爸，"他问，"什么是生活？"

我扑过去，把儿子按在地毯上翻滚，同时大笑不止，以掩饰自己尽情嬉戏时的激情。接着，我俩坐起来，气喘吁吁，筋疲力尽。我平静地说：

"生活非常奇妙，儿子。快出去探索吧。"

07 关于童话

今天，在花园，儿子给我上了第一课。

当时，我坐在溪边的大栗树下写作。旁边草地里，儿子坐在太阳底下，腿上摊着《安徒生童话集》。

儿子尚未识字，但会让我读给他听：他翻来覆去总是听同样的故事，越熟悉的故事越喜欢听，听的时候一页也不放过。他记得那些故事的所有细节，如果我试图跳过点什么，他立刻便会指出来。

今天，给儿子读的是《小美人鱼》。

"你写的也是这种故事吗？"儿子问。

"是啊。"我回答，"不过恐怕写得没这么好。"

"你应该努力一点。"儿子说。

我向他做了保证。

接着，一片寂静，我也完全忘了儿子在附近。过了一会儿——

　　"小美人鱼生活在那里吗？在水里？"儿子问。

　　"是啊，到了夏天，她就会浮出水面。"

　　儿子点点头，望向一平如镜、若有若无的小溪。对岸长满又密又青的灯芯草，一只小鸟躲在草丛里叽叽喳喳地叫。蜻蜓在四处振翅盘旋。我坐在树下，单手托着脑袋，沉浸在工作中。

　　突然，传来一阵落水的声音。

　　我腾地跳起，掀翻桌子，冲出树荫。哪儿都不见儿子的身影。而溪里水浪翻腾、水花四溅、水波荡漾。我立刻跳入溪中，找到儿子，把他提出水面。

　　儿子浑身湿淋淋地站在草地上，边吐水边咳嗽。薄薄的衣服紧紧贴着小小的身躯。整张脸黏满黑乎乎的淤泥。淤泥之下，扑闪着一对愤怒的眼睛。

　　"水里根本没有美人鱼。"儿子说。

　　我一时不知该如何回应。而且，他根本不给我思考的时间。

　　"你写的是这种故事？"儿子问。

　　"嗯。"我羞愧地回答。

"我不喜欢你了。"他说，"你拿我这个小孩子开玩笑。"

　　儿子转过背，带着一身水，神气十足、头也不回地离我而去。

　　当晚，汉斯·克里斯蒂安·安徒生神秘地消失了。刚开始，儿子可能会怀念那位童话家，但是，他再也不会相信童话了。

08 可怕的动物园

儿子和我逛了腓特烈斯贝公园。好玩极了。

那里有一只非常可爱的老鼠；两只小雀，一雌一雄，就在我俩眼前筑巢；一只蜗牛，同样毫无保留地向我俩展示自己。那里有许多花，黄的、白的；还有绿色的叶子，它们述说着许许多多最奇怪的故事，直到把故事塞满我俩的脑袋。

此刻，我俩坐在长椅上，回味着刚才那些奇遇。

不久，传来一声巨吼，余音回荡，久久不绝。

"是什么在叫？"儿子问。

"动物园里的狮子。"我回答。

一说完，我便开始在心里咒骂自己——太蠢了。

我本该说某处在发射礼炮为某位王子庆生，或什么地方发生了地震，或干脆说从天上掉下一只巨大的瓷罐摔碎了。总之说什么都可以，除了真相。现在倒好，儿子想知道什么是动物园。

我只得告诉他。

动物园是个可怕的地方，平白无故囚禁着来自国外的野生动物。那些野生动物没犯一点儿错，本应在遥远的故乡自由自在地到处奔跑。刚才发出巨吼的狮子就被关在动物园里。那头狮子非常强壮，一爪子便能拍死一个警察；硕大的眼睛傲视一切，可怕的牙齿锋利无比。它过去生活在南边的非洲，如果在夜晚咆哮，会把其他动物吓得瑟瑟发抖，害怕得躲起来。人们称之为"百兽之王"。

可有一天，狡猾的猎人设下陷阱，捕获并绑住了那头狮子，将它运来这里，关进铁笼。那铁笼只有彼得林娜[1]所住房间的一半大。百兽之王在铁笼里不停地走来走去，不是在悲愤中龇牙咧嘴，就是发出阵阵咆哮，让自己的声音传到极远极远的地方。胆小的游客站在铁笼外，把棍子伸进铁栅栏，嘲弄着它，欺负它无法出来吃

---

1   彼得林娜，作者家的女佣。

掉他们。

儿子瞪着眼睛，站在我面前。

"要是从笼子里出来了，它会吃他们吗？"他问。

"立刻就吃。"

"可它出不来？"

"是啊，很不幸。它出不来。"

"爸爸，我们去瞧瞧那头狮子吧。"

我假装没听见，继续说起动物园里那些稀奇古怪的鸟儿。先说巨雕：曾经翱翔于天际，俯瞰教堂的尖塔、参天的树林和高耸的山岳，并不时从高空俯冲下来，猛地抓起地面的羊羔和兔子，带回巢中喂养小雕；如今却让人剪短了翅膀，弄瞎了眼睛，像金丝雀那样蹲坐在鸟笼的栖木上。

再说海鸥：曾经日复一日飞翔于浩瀚的大海之上，如今却在泥塘里扑腾，可怜地哀鸣。最后说那些或红或蓝、色彩缤纷的鸟儿：幼年生活于比腓特烈斯贝公园大一千倍的森林，流连于红色和蓝色的花丛中——那森林漆黑如夜，只有树梢闪耀着阳光；如今却蹲坐在狭小的鸟笼里，奄拉着脑袋，盯着鸟笼外的傻小子——头戴水手帽、身穿蓝色哔叽套装、脚穿黑色袜子和套鞋的傻小子们。

"那些鸟儿真是蓝色的吗？"儿子问。

"像天空一样蔚蓝。"我回答，"但极其绝望。"

"爸爸，我们能去瞧瞧那些鸟儿吗？"

"不能。"我回答，"那里已经聚集了足够多的傻小子，干吗还去凑热闹呢？你无法想象，看着那些囚禁起来的可怜动物，是多么令人难受。"

"爸爸，我非常想去那里。"

"听我的话，不要去。要知道，那里的动物不是它们本来的样子。它们生着病，模样丑陋，并在囚禁、渴望和悲痛的三重折磨下，变得凶猛而危险。"

"我非常想去瞧瞧它们。"

"我给你说件事。动物园的门票，你是十五分，我是二十五分，加起来一共四十分，这可真不少啊。这样，我们不去动物园，而是马上去买一个最大的猪形储蓄罐，往里存入四十分。而且，以后每周四都往里存四十分。随着时间流逝，将会存下一大笔钱。有了这笔钱，等你长大后，就可以去非洲，去沙漠，去听真正的野生狮子怎样咆哮，然后像当地人那样被吓得瑟瑟发抖。你还可以去漆黑如夜的广阔森林，去瞧瞧真正的蓝色鸟儿怎样在花丛间自由而神气地飞舞。你无法想象自己将会多么快乐，那些鸟儿是多么光彩熠熠，它们对着你唱的歌儿是多么悦耳动听……"

"爸爸，我宁愿现在去动物园。"

刚才那番话儿子一个字也没听进去，而我已经智穷计尽。

"我们去乔斯迪糕点店买蛋糕吃吧。"我说。

"我想去动物园。"

儿子一门心思想着关在铁笼里的狮子。人类那些可鄙的天性开始在他的灵魂中冒头。老鼠和蜗牛早已被抛在脑后，小雀筑巢也变得毫无意义。

我站起来，不做任何解释，直截了当地说：

"不去动物园。我们现在就回家。"

于是我俩回家了，但一路上都快快不乐。

当然，我很快便平复心情，去买了一个猪形大储蓄罐。我俩一块把钱存进去。儿子显得很感兴趣。

但下午，我发现儿子在卧室玩一个可鄙的游戏。

他给猪形储蓄罐做了一个笼子，然后嘲笑着笼中的猪形储蓄罐，边用鞭子抽打边喊：

"你 无 法 出 来 咬 我 ，你 这 头 笨 猪 。你 无 法 出来……"

09 啤酒汤

今天，我们吃的菜中有一道是啤酒汤。一块吃饭的还有安娜姑妈。啤酒汤很难喝，安娜姑妈也不怎么讨人喜欢。

安娜姑妈满口黄牙，微微驼背，眼睛一大一小，但目光凌厉。她老是训斥我们，而且逮着机会就掐人。

最可恶的是，她总拿自己给我们立榜样，结果每次都逼得我们宁愿做坏人。

安娜姑妈自己也不喜欢喝啤酒汤。当然，她还是边喝边装出一脸幸福的模样，并频频用严厉的目光注视着我儿子，因为后者毫不掩饰对啤酒汤的厌恶。

"这小子怎么不喝美味的啤酒汤？"安娜姑妈问。

一阵不以为然的沉默。

"多么美味的啤酒汤啊！我认识一个可怜的小

男孩。要是能喝上这么美味的啤酒汤，他绝对非常高兴。"

儿子饶有兴趣地盯着安娜姑妈。只见她勉强咽下嘴里的啤酒汤，同时双眼流露出至诚而无限的幸福。

"他在哪儿？"儿子问。

安娜姑妈假装没听见。

"那个可怜的小男孩在哪儿？"儿子追问。

"对啊，他在哪里？"我也跟着问，"叫什么名字？"

安娜姑妈恼怒地瞪了我一眼。

"他叫什么名字，安娜姑婆？"儿子问，"住在哪里？欢迎他来喝我的啤酒汤。"

"我也是。"我斩钉截铁地附和，并推开自己的餐盘。

儿子睁大眼睛，紧紧盯着安娜姑妈的脸。不过，后者逐渐回过神来。

"光是能喝上这么美味的啤酒汤，许多可怜的男孩就得谢天谢地了。"安娜姑妈说，"这样的孩子多的是，而且到处都有。"

"那好——说一个给我们听听，姑妈。"我说。

儿子噌地滑下椅子，站在餐桌边（他的下巴刚刚够得着桌面），双手捧住餐盘——就等安娜姑妈说出那个可怜的男孩住在哪里，好立刻把啤酒汤端去。

但安娜姑妈不会让人牵着鼻子走。

"多的是可怜的小孩。"她重复了一遍刚才的话，接着说，"没有几千也有几百。所以，另一个小孩——就在这屋里，但我不想提他的名字——应该感到羞愧，因为有啤酒汤喝就不错了，他却嫌这嫌那，不知感恩。"

儿子怔怔地盯着安娜姑妈，一如让蛇震慑住、动弹不得的鸟儿。

"这么美味的啤酒汤……我一定得再喝一小份。"

安娜姑妈陶醉于堪比圣人殉道的自我感动中。儿子立在原地，目瞪口呆。

见状，我把椅子往后一挪，带着发自内心的愤怒说：

"听我说，安娜姑妈——这真的太过分了。这里有许多啤酒汤，我们一点儿也不喜欢喝，而且只要知道谁想喝，我们很乐意全部送掉。您是唯一知道谁想喝的人。您认识一个可怜的小男孩，要是能喝上这样的啤酒汤，他会高兴得手舞足蹈。您知道好几百个这样的小男孩，可就是不肯说出他们叫什么，家住哪里。"

"哎呀——等一下……"

"而且，您还心安理得地坐在这里，在完全知道接下来要吃煎蛋卷的情况下，喝了整整两份啤酒汤。您真是太可恶了，安娜姑妈。"

安娜姑妈一时语塞。儿子啪的一声合拢嘴巴，满脸厌恶地盯着眼前这个令人不齿的老女人。

我转向孩子母亲，平静而认真地说：

"从今往后，在这所房子里，如果我们再喝啤酒汤，那就太说不过去了。我们压根不喜欢喝。相反，有好几百个可怜的小男孩非常爱喝。如果非得做啤酒汤，每周六，安娜姑妈必须过来端走。她知道那些男孩住在哪里。"

大家默默地吃完煎蛋卷。一吃完，安娜姑妈便愤然离去。今天，她不想喝餐后咖啡了。

正当安娜姑妈站在门厅，忙着给自己裹上一层又一层的披肩时，儿子脑中升起最后一个疑团。他用绿色的眼睛盯着安娜姑妈的脸，悄悄地问：

"安娜姑婆，那些男孩住在哪里啊？"

安娜姑妈伸手掐了掐我儿子，接着平复一下心情，悻悻离去，带着永远无法修复的挫败感。

10 吉恩死了

儿子走进我的书房，一脸严肃地说，吉恩死了。于是，我俩丢下所有无关紧要的琐事，急忙乘坐前往卡姆本堡[1]的火车，赶去看吉恩最后一眼。

因为，吉恩是世界上最大的狗。

它咬过一名男孩，导致他至今还瘸着腿走路。不仅如此，它连自家主人都咬。它眼睛凶光毕露，同时张开血盆大口的样子，堪称世上最恐怖的景象。不过，它也是最温顺的狗，会让儿子把手伸进它嘴里，骑到它背上，或拉扯它的尾巴。

到达后，得知他们已把吉恩埋葬，我俩相顾无言，失望至极。这一切发生得太快，令人措手不及。我俩去

1　卡姆本堡，丹麦首都哥本哈根的北郊。

看了埋葬吉恩的坟墓——它位于一家工厂周围的田地里，挨着许多高耸的烟囱。

我俩呆坐墓边，一时无法理解到底发生了什么。

吉恩的体型和力量都大得出奇。我俩彼此诉说着各自记忆中所有与之相关的故事。我想起这件事，你记得那件事。讲着讲着，天色逐渐变暗，周围也显得越来越阴森。

不久，我俩坐上了回家的火车。

车厢隔间里除了我俩，还有一位和蔼的老先生。他很想和儿子搭话。但儿子对老先生无话可说，只是呆立窗边，下巴抵着窗沿，凝视窗外。

接着，儿子的眼帘中映入几根高耸的烟囱。

"吉恩就埋在那里。"他说。

"是的。"

车窗外，一幕幕风景不断掠过。可儿子心里想的、眼里见的只有一件事。因此，当又有烟囱出现，他再次说：

"吉恩就埋在那里。"

"不对，小朋友。"和蔼的老先生纠正，"是在刚才经过的烟囱那里。"

儿子一脸困惑地看着老先生。我急忙打消儿子的疑惑。

"吉恩就是埋在这会儿看到的烟囱旁边。"我说。

趁儿子再次望向窗外，我把老先生拉到隔间最远的角落，告诉他怎么回事。

我说道，只要我活得够长，绝对会向儿子解释清楚工厂与工厂之间的区别；万一自己英年早逝，也肯定会在生前嘱托别人对他进行这部分教育。而且，就算儿子永远弄不清楚工厂与工厂之间的区别，又有什么关系呢？今天发生了一件比这更重要的事，而且稍有不慎就后果难料。儿子眼里最强壮、最富活力的那一位死了……

"明白了。"老先生同情地问，"是一位亲戚吧？"

"算是吧。"我回答，"死的是吉恩，一条狗……"

"一条狗？"

"关键不在于狗，您不明白吗？而在于他第一次遇到死亡。至高无上、神秘莫测的死亡……"

"爸爸，"儿子把头转向我俩，接着问，"我们什么时候会死啊？"

"等我们老的时候。"好心的老先生回答。

"不对，"儿子反驳，"埃纳尔有个弟弟就葬在他家院子里。他已经死了，可他还是小男孩。"

"那样的话，埃纳尔的弟弟一定非常乖，而且早早就懂了许许多多道理，所以才有资格提前进入天堂。"老先生说。

"那还是不要太乖的好。"我笑着对儿子说，并用拳头轻轻捶了几下他的肚子。

我俩哈哈大笑。接着，儿子回到刚才所站的车窗边。吉恩的墓旁又多了一些烟囱。

而我抓着老先生的双肩，坚决制止他再和儿子搭话。我不想多做解释，只是不时摇一摇老先生。到站后，老先生匆匆离我们而去。

我牵着儿子的手，穿过尽是活人的街道回到家中。夜里，我坐在儿子的床沿，对他讲了那件无比神秘的事：吉恩死了。吉恩曾经那么富有活力，那么强壮，那么高大……

11 一诺千金

　　我家院子经常有许多孩子来玩。儿子从中挑选了一个知心朋友。那孩子名叫埃纳尔，可能和其他孩子并没什么两样。

　　儿子崇拜埃纳尔，而后者并不反对。于是，基于这唯一正当的理由，他俩建立了友谊。"埃纳尔说""埃纳尔认为""埃纳尔做了"——这成了日常守则，我们据此安排自己卑微的生活。

　　"我不明白他到底看中了埃纳尔什么。"孩子母亲说。

　　"我也不明白。"我说，"可我们儿子明白。这就足够了。还记得很久以前，我的一个朋友看不出你有任何吸引人之处。要是我没记错的话，你也有三个女性朋友觉得你的品位不可饶恕。我们儿子很幸运……"

　　"幸运！"

"重要的是感情，而非对象。"我继续开导孩子母亲。

"谢谢。"她说。

现在，院子里出了一件非同寻常的大事。此事给孩子们留下了难以磨灭的印象，并让他们的小脑瓜苦苦琢磨了好些日子。

附近开始流行猩红热。

猩红热不像贪吃梨子导致的肚子疼，也不像忘穿毛衣导致的感冒。猩红热要厉害得多，可怕得多：往往在夜间降临到刚刚还活蹦乱跳的小男孩身上，接着便把那男孩带走了。

也许，会有一辆两匹马拉的四轮马车驶进院子大门。那马车外形古怪，活像一个大箱子，上坐一名车夫和两名衣服上带有亮闪闪黄铜纽扣的男子。

马车一停，那两名男子立刻从车厢抬出一副配有红毛毯、白布单的担架，前往男孩所住之处。没过多久，他们便抬着男孩出来了。可谁也瞧不见那男孩，因为他脸上蒙着白布单。那两名男子把担架推进车厢，砰的一声关闭车门。马车便把男孩载走了，留下男孩母亲边抹眼泪边回到家人身边。

也许，不会有马车来。但那样的话，很长一段时间里，得病的男孩只能待在自己房间，哪儿也不准去，而且没人去看他。因为他的病会传染给别人。谁都知道，那种日子简直就是煎熬。

现在，院子里的孩子成天不谈论别的，只谈论这一件事。

他们声音压得很低，而且一脸神秘，因为对所谈论之事毫无把握。他们听说，被马车载走的一个同伴现在死了。不过，在他们的印象里，这与某个孩子得病并消失没什么两样。

随着日子一天天流逝，聚在一起的孩子越来越少。而且到目前为止，消失的人一个也没回来。

我站在打开的窗边，看着坐在台阶上的儿子及其朋友。他俩互相搂着，眼里只有彼此。应该说，埃纳尔眼里只有他自己，而儿子眼里只有埃纳尔。

"要是你病了，我会去看你的。"儿子说。

"哎呀，你不会来的。"

"我会的。"

儿子眼里闪耀着光芒，看起来非常郑重其事。埃纳尔开始哭泣，好像他真病了似的。

　　不料，第二天，埃纳尔真的病了。

　　他孤零零地躺在一个小房间里，没人去看他。房间窗户的红窗帘也久久未拉开。

　　儿子独自坐在台阶上，双手插在衣袋里，仰着头，怔怔地凝望朋友房间的红窗帘。他没心思玩耍，也没心思与别人说话。

　　我在书房里来回踱步，为即将发生的事担心。

　　"你在担心儿子吧。"孩子母亲说，"要是他能躲过去，绝对称得上奇迹。"

　　"不是这事。猩红热并不稀奇，我们都得过。"

　　我正要说出我的担心，却听见有人转动门把手——一听便知是儿子，绝错不了。果然，儿子走进来，站到我俩面前。

　　我一眼便看穿了你的心思，儿子。你拉着脸，侧着身子踱进来，然后坐在因为你而获得无限快乐的父母前，看看这个，瞧瞧那个。你的眼睛显得比往常更绿。

你说不出话来，缩成一团，让人见了心碎。

"妈妈，埃纳尔是不是病了？"

"嗯，不过他马上就会好起来的。医生说不太严重。"

"他会传染给别人吗，妈妈？"

"嗯，是的。为防止她妹妹也得病，他家已经把他妹妹送去乡下。谁也不能见他，除了他妈妈，因为他妈妈要送牛奶和药给他吃，还要给他整理床铺。"

一阵沉默。

孩子母亲毫无疑心，开始继续看书。但孩子父亲望着窗外，忧虑不安。

"妈妈，我想去看看埃纳尔。"

"不能去，宝贝。你也知道他会传染给别人的。万一把你传染可就糟了！埃纳尔现在并不想和你说话。他一天到晚都在睡觉。"

"可是在他醒来时，妈妈……"

"不准去。"

儿子失望得都快哭了。是时候轮到我出面帮他说话了。

"你是不是许过诺言一定会去看他？"

"是的，爸爸……"

儿子不再失望，双眼也顿时明亮起来。他笔直地站在我身边，把一只小手放进我手里，显得非常开心。

"那样的话，你一定得去看他。"我平静地说，"一等他醒来就去。"

孩子母亲砰地合上书。

"自己去院子里玩一会儿，我和爸爸有话要说。"

儿子跑着离开了。

孩子母亲走过来，把一只手放到我肩膀上，严肃地说：

"这事我不敢答应。"

我抓着孩子母亲的手，亲了亲，同样严肃地说：

"这事我不敢不答应。"

我俩四目相对。我俩同为家中主宰，同享这个家的权力与荣耀。

"我听到儿子对朋友许下诺言。"我说，"我还看见儿子当时的模样——非常郑重其事。加拉哈爵士[1]以

1　加拉哈爵士，亚瑟王传奇中的圣洁骑士，因品德高尚纯洁而获得圣杯。

骑士名义进行宣誓时，恐怕也不过如此。听我说，在这件事上，我俩别无选择。就算不计他去，他可能还是会得猩红热，而我们甚至无法确定他会不会……"

"如果是白喉，你就不会这么说了。"

"也许你是对的。不过，因为无法确定自己能否抵挡住诱惑，不去偷一个王国，我就能去偷别人几分钱吗？"

"这世上没有一个人会赞同你的做法。"

"除了你。而我不需要其他任何人的赞同。其实，传染只是一个次要问题。可能会发生，也可能不会。无论如何，这不是我俩能掌控的。"

"难道我们就这样直接让他去受传染吗？"

"我俩没有那么做。让他去受传染的不是我俩。"

孩子母亲十分激动。我搂住她，和她一块来回踱步。

"亲爱的，今天，儿子可能遭遇巨大不幸。他可能永远无法从这次打击中恢复过来……"

"我知道。"孩子母亲说。

"如果他不信守诺言，危害就已经造成。假如他开始认为诺言可以违背，信守诺言只是为了某种利益，危害就已经造成了。"

"没错，可……"

"亲爱的，这世上尽是谨小慎微的人，老觉得再往前迈一步就会上当受骗。难道我俩要把这当作明智之举或一种美德，来教育儿子吗？他的诺言是很蠢，没错……"

"可他还这么小。"

"他确实还小——谢天谢地。他太幸运了：不管之前许下诺言，还是现在要去兑现诺言，都未意识到其中危险。这小坏蛋真是幸运。他就这样轻而易举地学会信守诺言，一如过去学会爱清洁。等他到了懂得其中危险的年纪，信守诺言早已习惯成自然。而为此所冒的风险，不过是可能得一次微不足道的猩红热。"

孩子母亲把脑袋靠到我肩上，没再说什么。

当天下午，她牵着儿子的手一块儿去看埃纳尔。母子俩站在埃纳尔所在房间的门槛，向埃纳尔打招呼，并问他身体怎么样。

埃纳尔仍不太舒服，既没抬头，也没回应。

但这并不重要。

12 人生的第一次大错

彼得林娜交给儿子一枚十分硬币，差他去面包店买些小圆面包。

我无意中听到了他俩之间的对话——傻子会说靠的是运气，但在我看来，靠的绝对是上帝的指引，假如上帝确实存在的话。我来到窗边，目送儿子垂着脑袋，慢悠悠地过街——他一贯这样走路，但今天比往常走得更慢，脑袋也垂得更低。

面包店橱窗里杂乱无章地摆着诸如棒棒糖、巧克力之类令小男孩心动的糖果和零食。儿子在橱窗外站立很久，最后抬起小手开门而入。没过一会儿，他出来了，手里多了一个大纸袋，嘴里使劲嚼着什么。

谢天谢地，我儿时偶尔也会偷拿一些小东西，所以知道该如何处理此事。于是，我赶紧跑遍整座房子，向众人嘱咐接下来要怎么做。

儿子走进厨房。

"把面包放在案桌上吧。"彼得林娜说。

儿子呆立原地，看看彼得林娜，瞧瞧案桌，最后低头盯着地面。过了一会儿，他蹑手蹑脚地走到母亲身边。

"你真是长大了，能帮彼得林娜买面包了。"孩子母亲边忙着手里的针线活儿边说，但并未抬头。

儿子的脸拉得很长，不过什么也没说。他蹑手蹑脚地走进书房，坐到椅子上，但屁股只挨着椅子边缘。

"你去街对面的面包店了？"

儿子走过来，靠到坐着看书的我身上。我并未抬头，但能体会他的心理活动。

"你在面包店买什么了？"

"糖。"

"嘿，这可真怪！太有趣了！你早上刚吃过糖。这次是谁给你钱的呀？"

"彼得林娜。"

"哦——彼得林娜对你可真好。还记得你生日那天，她送了一个漂亮的皮球吗？"

"爸爸，彼得林娜让我买的是小圆面包。"

"啊……"

书房里一片寂静。接着，儿子伤心地痛哭起来。我愁眉苦脸地抚摸他的头发。

"你欺骗了彼得林娜。她需要小圆面包做晚餐。她以为小圆面包就在厨房案桌上，可等到要用时会发现根本没有。妈妈给她十分钱是用来买小圆面包的。她把钱转交给你，让你帮忙去买小圆面包。结果你却用来买糖吃了。现在我们该怎么办呢？"

儿子焦急地看着我，又紧紧抓着我，嘴巴不停地张合，可就是说不出一个字来。

"要是我们有十分钱该多好啊！"我说，"那样的话，你就可以跑去街对面把小圆面包买回来。"

"爸爸……"

儿子顿时瞪大眼睛，用几乎细不可闻的声音说：

"妈妈的写字台上有一枚十分硬币。"

"啊——真的吗？"我故意高兴地惊呼。

但紧接着，我摇摇头，再次露出愁眉苦脸的表情。

"那十分钱是妈妈的。之前那十分钱是彼得林娜的。人们很爱自己的钱，要是发觉有人想拿走他们的钱会非常生气。这很好理解，因为钱可以买到许许多多东西。钱可以买到糖果、裤子、玩具，可以买下半个世界。大多数人得辛劳一整天，才能挣到足够的钱用来买需要的东西。自然，要是有人拿走他们的钱，尤其只是为了拿去买糖吃，他们会很生气。彼得林娜整天忙着打扫房子、做饭、洗盘子，才能挣得工资。这些工资，她要用来买衣服和鞋子。还有，你也知道，她有个很小的女儿，托养在奥尔森家。这也是要花钱的。为送你那个皮球，她肯定一直在想方设法地攒钱。"

我俩手牵手，在书房来回踱步。儿子一直仰望我的脸，所以不时被自己的脚绊倒。

"爸爸，你没有十分钱吗？"

我摇摇头，把自己的钱包递给他。

"不信，你自己看。"我说，"里面一分钱也没有。今天早上，我花掉了最后十分钱。"

我俩继续来回踱步，接着坐了一会儿，然后再次来回踱步。忧郁笼罩着我俩。我们彼此看着对方，垂头丧气，无可奈何。

"说不定，某个抽屉里遗留着一枚十分硬币。"我说。

我俩拉出并翻找了整整三十个抽屉。抽屉里的东西丢了一地。那又怎么样呢？只要能找到一枚十分硬币……

万岁！

我俩同时抓住一枚十分硬币——两人的架势，如同下一秒便会为争夺这枚神奇的硬币而大打出手。我俩眼前一亮，接着哈哈大笑，同时流下喜悦的眼泪。

"赶紧去。"我悄声说，"从我这边的门出去。回来时，从后面的台阶跑进屋，然后把小圆面包放在厨房案桌上。我会把彼得林娜叫进来，那她就不会看到你了。这事我俩对谁也不说。"

话音未落，儿子早已跑下台阶。我跟着跑出去，冲他喊道：

"能找到这枚硬币真是太好了！"

"是的。"儿子郑重地应道。

接着，他冲我露出灿烂的微笑。我也回以微笑。只见他迈着两条细小的腿——活像两根快速击打的鼓槌——飞快地跑向街对面的面包店。

我在窗边看着儿子回来：跑得和刚才一样快，脸蛋通红，眉开眼笑。他犯了人生的第一次大错，但已意识到自己错了，而且既没留下丝毫悔恨，也不必乞求谁的宽恕。

晚上，孩子母亲和我坐下来，一块儿讨论钱的问题，直至深夜。这的确是一个棘手的话题。因为，我们的儿子必须知道钱的巨大作用、诱惑力和所能带来的快乐。他必须挣许多钱，花许多钱……

然而，就在昨天，两名歹徒为抢区区几块钱，杀死了一个人。

13 金钱的诱惑

"枢密院"[1]颁布了一条敕令，儿子每周可有五分零花钱。他将于每周日早上收到这笔零花钱——由"国库"支出，免征所得税——而且可以爱怎么花就怎么花。

听到这个消息，儿子十分平静。他独自坐着，沉思了一会儿。

"每个星期天？"儿子问。

"每个星期天。"

"直到暑假？"

"直到暑假。"

暑假，儿子要去乡下教母家——他就是在教母家里出生的。因此，暑假成了儿子计算时间的截止期限——

---

1 这里的"枢密院"是开玩笑的说法，其实是指作者夫妇。

对眼下的他来说，暑假就是时间的尽头。

我俩决定利用自己对时间的认知局限，为自己创造真正的、更大的快乐。借助日历，我俩计算出，如果不出意外，暑假前共有十五个周日，于是专门腾出一个抽屉，分成十五格，每格放入一枚五分硬币。这样一来，便对零花钱的总数一目了然，还能在任何时候查看余额。

知道抽屉里有这么一大笔钱，儿子欣喜若狂，觉得自己非常富有，而且未来很长一段时间都不会缺钱花。院子里回荡着他对小伙伴们吹的各种牛皮：要用这笔零花钱买这个，买那个。他还邀请几个要好的朋友，进屋来参观自己的"巨款"。

不出所料，第一个周日，一切正常。

儿子拿起一枚五分硬币，迅速去买了一条非常不错的巧克力，外面还裹着糖和杏仁。整条巧克力两分钟便被吃完了，留下的只是他嘴角的些许痕迹（最后还被母亲无情地擦去），以及衬衫上一点恼人的污渍。

儿子坐在我身旁，荡着双腿，面无表情。我拉开抽屉，看着那个空格子和剩余的十四枚硬币。

"少了一枚。"我说。

我的声音流露出一丝伤感，儿子似乎有所触动，但并未直接表现出来。

"爸爸，离下个星期天还有很久吗？"

"很久很久，孩子。中间隔了好多天。"

我俩默默地坐了一会儿。接着，我若有所思地说：

"对了，要是刚才买的是陀螺，你可能会获得更多快乐。我知道一家玩具店，那里有个非常不错的陀螺：红色的，带一条绿条纹。那家玩具店就在街对面。我昨天看到的。那陀螺就卖五分钱，保证错不了。要知道，你已经有一根鞭子了。"

我俩走过街，去看摆在橱窗里的陀螺。的确非常不错。

"可惜，这家店关门了。"儿子失望地说。

我故作惊讶地看着他。

"是啊——可那又怎么样呢？反正，要买的话，也只能等下个星期天。要知道，这星期的零花钱，你已经用来买巧克力吃了。把手帕给我。你脸上还黏着点……"

话已至此，也没什么可说的了。我俩怀着沉重的心情，垂头丧气地回到家中，然后坐在餐厅窗边，久久地凝望着玩具店橱窗。

接下来的一周，我俩每天都去瞧一眼那个陀螺，以免心中的热情消退。要知道，一时的热情往往无法持久。而那陀螺的吸引力却与日俱增。一天，我俩走去店里，以确认陀螺的价格确实不超过儿子一周的零花钱，并让店主郑重发誓：保证为我俩留着那个陀螺，直到周日早晨，哪怕别的男孩出更高的价钱也不卖。

周日早晨，没到九点，我俩便赶到店里，用颤抖的双手接过朝思暮想的宝贝。我俩抽了整整一天的鞭子，夜里还守着陀螺睡觉。但到了周三早晨，一如所有的陀螺，那陀螺突然消失得无影无踪，令人非常气恼。

发第三次零花钱时，发生了出人意料的情况。

经常来我家院子玩的一名男孩有根跳绳，所以儿子也想要。但这并不容易。仔细询问后得知，那种跳绳只有"上流社会"才玩得起，一根绝不少于二十五分钱。尽管才到周六，为时尚早，我和儿子还是对这个问题进行了讨论。

"这再简单不过了。"我说，"你别花明天的五分钱，接下去三个星期天的五分钱也别花。那样的话，等到再下一个星期天，你就能攒够五枚五分硬币，然后可以立刻买一根跳绳。"

"那我什么时候能拿到跳绳呢？"

"等五个星期天。"

儿子什么也没说，但看得出来，他对我的话不以为然。周日早晨，他端出前一日不知从哪里学来的理财高招，生硬地对我说了下面这番话：

"爸爸，你得借给我五枚五分硬币。要是你借给我五枚五分硬币买跳绳，我会还你十五枚五分硬币……"

儿子不断向我逼近，同时小脸涨得通红，显得激动不已。看得出来，此刻的他，会为了借到钱而完全不计代价、不顾后果。

"我不做那种生意，朋友。"我说，"这对你也绝无好处。何况，你根本没条件那样做。要知道，你总共只有十三枚五分硬币。"

儿子顿时蔫了，犹如失去最后一丝希望。

"我们来看一下。"我说。

我俩走过去，拉开那个抽屉，凝视很久。

"也许可以这样，我先给你五枚五分硬币，然后你今天和接下去四个星期天的五分钱都归我……"

没等我说完，儿子便发出一阵欢呼。我掏出钱包，给他五枚五分硬币，然后从抽屉里拿走一枚五分硬币。

"下个星期天，你就不会这么高兴了。"我说，"接下去的三个星期天也一样。"

我话音还未落，这个目光短浅的年轻人就已经走了。

当然，每逢儿子该还欠债的"分期付款"时，我都会郑重其事：当着他的面拉开抽屉，拿走本周的五分钱，放进我的——而不是他的——衣袋。

第一次，一切正常。看着我拿走那五分钱，儿子甚至觉得很有趣。再说，他对购买跳绳前求之不得的痛苦仍记忆犹新。下个周日，已经没那么有趣了。等到该还第四次"分期付款"，儿子显得一脸忧郁。

"怎么了？"我问。

"我很想吃一条巧克力。"儿子回答，但说话时没看我。

"就这事？再过一星期，你就能买一条吃了。等到那时，你已还清买跳绳的钱，所以那个星期的零花钱又是你的了。”

“我现在就想吃。”

当然，我对此非常同情，但完全无能为力。没了就是没了。我俩亲眼目睹那枚硬币从抽屉消失，也完全明白这一切为何发生。于是，那个周日早晨，我俩在闷闷不乐中分别了。

当天迟些时候，我看见儿子站在那个抽屉旁，眉毛扬起，嘴巴噘着。我默默坐下，静观其变，但没过多久便发现，他在经济学方面有了十足的长进。

“爸爸，要是我们把那里的五分硬币移到这个星期天的位置，我就可以拿它去买巧克力了……”

“那样的话，下个星期天，你就没有零花钱了。”

“我不在乎，爸爸……”

我俩商量一会儿，然后照做了，从而开始接二连三、不计后果地挪用抽屉里的零花钱。

再一个周日，聪明的儿子已知道举一反三，拿走时间上离得最远，也就是离暑假最近的那枚五分硬币。他毫无顾忌地一错再错，直至惩罚最终降临：连续而漫长的五周，将没有一分零花钱。

哪里还有零花钱呢？我们知道，那些钱本来放在抽屉里。我们自己把那些钱花掉了。

不过，在这些无钱可花的灰暗日子里，我俩每天早晨坐在那个抽屉旁促膝长谈，深入讨论这件令人痛悔的往事。这是一件普普通通、简简单单的小事，但不管怎样，必须尽可能地从中吸取教训。

过完暑假，照旧会按格子往抽屉里放入零花钱。希望通过这次经历，我们不会再重蹈覆辙。

14 女朋友

儿子订婚了。对方长得五大三粗，还大他三岁，家境也绝对不及他。女孩名叫比吉特，儿子却叫她为"邋遢"，确切地说是"小邋遢"，这大概是被误拼的缘故[1]——在儿子这个年龄，这情有可原；再说，用这个词来形容那女孩十分贴切——总之，那女孩将以这个名字载入史册。

一个阳光明媚的春日，和其他孩子在林荫大道玩耍时，儿子邂逅了那个女孩。他想和对方订婚的理由合情合理——

"我想要一个属于自己的姑娘。"他说。

依我对男人的了解，我敢说儿子做了一个幸运的选

1　丹麦语中，女孩的名字与"肮脏、邋遢"对应的单词发音相似。

择。没人会从他身边抢走"小邋遢"。

作为绅士，儿子立刻把女孩领回家介绍给我们。郑重起见，他没像往常那样走后门，而是按了前门门铃。我亲自去开了门，一开门便看见他眉开眼笑，和未婚妻手牵手站在门前垫子上。

"爸爸，这是'小邋遢'，我的心上人。我要娶她。"

"对于自己的心上人，大家都会这么做。"我回了一句富有哲理的话，接着说，"快请进，'小邋遢'，不要客气。"

"在垫子上蹭蹭你的鞋。"儿子说。

孩子母亲认为两人太不般配，甚至提出不准"小邋遢"上门。

"我俩不能这么做。"我劝道，"我也不太满意，但这段关系不太可能长久。"

"我知道，可……"

"还记得当初你妈妈也这样对我，但毫无用处吗？我俩曾在各种最出人意料的地方幽会，疯狂接吻。要是你忘了，我完全可以理解。不过，现在你应该知道，你儿子开始谈恋爱了。而且，你应该珍视他对老爸老妈的这份坦诚。"

"天哪，现在就开始了……"

"另外，我得提醒你，现在正是春天。树木已经吐芽。在厨房忙碌或用缝纫机做针线活儿时，你也许没留心窗外的变化，但整天四处转悠的我注意到了。你也读过拜伦的一句诗：'三月野兔欢，五月佳人现。'[1]"

于是，大家接受了"小邂逅"。

不过，每次"小邂逅"来，进门前得先经历短暂的隔离：孩子母亲要把她从头到脚彻底清洗干净，并仔细给她梳头。"小邂逅"不喜欢这样，可儿子喜欢。他饶有兴趣地在一旁看着，一发现海绵漏擦了什么地方，便会立刻指出。我不清楚，每逢此时，儿子心里到底在想什么。当然，爱情总是非常残忍——要知道，他自己讨厌洗澡。也许儿子梦想天天目睹心上人像女神维纳斯一样从海波中逐渐现身。也许仅仅是出于某种责任感：就在上周五，他残忍地让"小邂逅"在屋外台阶站了足足

---

[1]　这句诗出自英国著名诗人拜伦所著长诗《唐璜》。

半小时，等他母亲回家。

儿子的另一乐趣是看"小邋遢"吃东西。

对此，我完全可以理解。一如看"小邋遢"梳洗打扮，看着她吃饭也很有意思。另外，假如有一丝可能把"小邋遢"喂饱的话，孩子母亲和我同样会非常高兴。然而这绝无可能——至少，以我的收入，绝无可能。

饭菜被吃得一干二净，什么也没剩下，"小邋遢"眼里却未流露出丝毫满足，看到这些，我不禁为小两口的将来担忧。但儿子却很开心，毫不在意。

当然，他俩的天空偶尔也会出现阴云。

几天前，他俩安安分分地坐在餐厅，畅想两人的婚后生活。儿子描述了未来的房子和花园，还说要养几匹马儿。"小邋遢"毫无异议，也没理由提出异议，因为儿子设想的一切都无可挑剔。但接着，两人出现了分歧。

"我俩将来要生十四个孩子。"儿子说。

"不，""小邋遢"反对，"只要两个，一儿一女。"

"我想要十四个。"

"我只想要两个。"

"十四个。"

"两个。"

他俩互不相让。儿子对"小邋遢"的小气恼得说不出话来。而"小邋遢"也紧抿嘴唇，晃着脑袋，显得很不服气。接着，儿子忍不住大哭起来。

我本可以向儿子解释：在他看来，每个经营有方的家庭必少不了孩子，但"小邋遢"不然；作为家中第七个孩子，每天要和六个兄弟姐妹同桌而食，她更有可能把孩子视作抢吃其他人食物的小无赖。不过，在未被问及的情况下，我觉得不应该对这位姑娘的家庭境况说三道四。

"小邋遢"有一点好，就是她和家里互不依赖。目前为止，无论"小邋遢"在我家待多久，也没人来找过她。我们只知道她住哪儿、姓什么，其他一概不知。

不过，通过其他方式，我们发现未来的儿媳并非孤家寡人。

例如，每逢我们给她一双袜子，或一件衬衫，第二天总会不见踪影。这种情况将一直持续到她那六个兄弟姐妹都分得衣物。等到那时，我们才能有幸目睹"小邋遏"穿戴整齐。由于早已习惯成自然，无论什么东西，只要能分享，她都会与家人分享。

对此，我安慰孩子母亲说，假如两人最终分手，儿子可以找"小邋遢"的一个妹妹做对象。这样一来，就不会有什么损失了。

15 二流美德

儿子对我说，他想吃一个梨。

梨子由他母亲保管，我相信儿子已经吃到了他母亲规定的个数。不过，我俩一致认为，他想要的只是再吃一个无足轻重、毫无必要、纯粹为了吃着玩的梨而已。

遗憾的是，儿子同时向我透露，他已向母亲提过这个请求，并遭到了断然拒绝。

对儿子来说，情况很棘手，但并非毫无希望。因为我知道，在梨子的供应上，老天爷对可怜的人类实在吝啬，而多吃一个梨会令人无比开心。

儿子并未一遇阻碍便打消吃梨的念头，这很令我欣慰。从那双眼睛可以看出，他对梨子的渴望到底有多大。怀着作为父亲的自豪——完全合情合理——我敢预言，待时机成熟，他定会赢得属于自己的女人和社会地位。

接着，我俩就此事进行了仔细讨论。

第一，可能会肚子疼。

"无所谓。"儿子说。

我非常赞同。

第二，妈妈可能会生气。

不，妈妈从不生气。她只会难过，但那样也不好。所以，我俩必须考虑在其他方面进行弥补。

于是，我俩偷偷去拿了一个梨。

我向儿子建议，等吃完梨，也许应该向妈妈坦白。但他不以为然。

"那样的话，晚上我就不能再吃一个了。"儿子说。

我又说，如果他老实坦白，也许会打动妈妈。但他坚决摇了摇头。

"你不了解妈妈。"儿子说。

对此，我自然哑口无言。

过了一会儿，孩子母亲和我站在窗边，忍不住为此事咯咯发笑。

我俩看见儿子正在院子里。

他搂着"小邋遢"坐在台阶上。两人刚分吃了那个梨儿，现在双双唱着——完全跑调，同时一脸伤感，令人厌恶 一·首"小邋遢"会唱的歌儿：

"财富只是上帝暂——暂借与人的，贫穷才是真正的奖赏。"

我俩感到深深的悲哀。

我俩本想让儿子的生活充满活力和新意，想开阔他的眼界，并使他的双手变得足够强壮，以便瞧清楚这样的生活，然后牢牢抓住。但面对学校和教堂上上下下宣扬的"知足""忍耐""顺从"，我俩束手无策。所有这类二流美德，对行将就木的老人而言，也许能使通往坟墓的最后几步路走得略微容易，但对年轻人而言，只不过是卑劣的谎话。

16 清规戒律

"小邋遢"又来我家了。儿子完全拜倒在她脚下。

"小邋遢"十指插在自己头发里，瞪着眼，绝望地张着嘴，背啊，背啊……背的是《圣经》里的"十诫"。只听她结结巴巴，翻来覆去，不停重复自己说过的词："汝必须……汝不得……汝必须……"

儿子温柔而又同情地看着"小邋遢"。

通过听"小邋遢"背诵，儿子已记住其中的几条戒律，还不时给卡住的"小邋遢"提个词。听了一会儿，他走过来，焦急地问：

"爸爸，'十诫'规定的，'小邋遢'必须全部遵守吗？"

"是的。"

儿子回到"小邋遢"身边。他心里满怀同情，眼里噙着泪花。但"小邋遢"连瞧都没瞧他一眼，而是继续勇敢又费劲地往下背："汝必须……汝不得……"

"爸爸，等我长大了，'十诫'规定的，也必须全部遵守吗？"

"是——是的。"

儿子一脸绝望地盯着我看了一会儿，然后再次回到"小邋遢"身边，继续听她背诵。但这次，儿子显得心事重重。

突然，似乎有什么念头闪过他的脑海。

儿子又来到我身边，双臂搁在我的膝盖上，绿色的眼眸一眨不眨，紧盯我的眼睛。

"爸爸，'十诫'规定的，你全部遵守了吗？"

"是——是——是的。"

儿子顿时蔫了，犹如失去了最后一丝希望。我很想帮他，可我究竟能做什么呢？

随后，儿子打起精神，摇摇头，眼泪盈眶地说：

"爸爸，'十诫'规定的，我没信心能全部遵守。"

我拉近儿子，与他一块儿为世事艰难而痛哭。与此同时，一旁的好姑娘"小邋遢"，仍在费劲地背诵各条戒律。

17 关乎神学

众所周知，有了律法，才有罪恶。

正是"小邋遢"的"十诫"，把罪恶带给了我们。

每逢来我家，"小邋遢"总是随身携带马丁·路德的《教理问答手册》[1] 和巴尔斯莱夫的一部作品——那两部经典名著的内容都令人深恶痛绝。显而易见，她父母认为她在我家也理所当然应修炼灵魂。

"小邋遢"的那两本书绝非最近出版，甚至很可能是她家的传家宝：它们包着棕色的厚纸书皮，书皮外还积着厚厚一层污垢，让干净的手不敢触摸；又散发着怪味，老远就能闻到。

但儿子并不嫌弃。

---

1 马丁·路德的《教理问答手册》，当时流行于丹麦的路德教手册。

一等"小邋遢"学习完毕——她总是大声朗读——儿子便会提出请求，请求允许自己翻看教给"小邋遢"古怪词汇的那两部杰作。他会无比崇敬地盯着那些不认识的字，看上好一会儿。

接着，儿子便会提出各种问题。

他逢人就问，不管是对"小邋遢"、女佣还是身为父母的我俩。不知不觉，他便对神学的相关知识了然于胸。

儿子知道，上帝在天堂，好人都能升入天堂，而恶人必将堕入地狱；上帝用六天时间创造世界，然后规定任何人不得在星期天工作；上帝无所不知，无所不见，无所不能。

儿子经常祈祷：祈祷时会爬到尽可能高的地方，以便尽可能接近天堂，然后尽可能大声地喊叫。几天前，我看见他站在梯子最高处。

"敬爱的上帝！明天请您赐给我们好天气，因为我们要去野餐！"

儿子称呼其他任何人都用"你"，只有称呼上帝和杂货店老板才用"您"。

此外，儿子从不妥协。

有几位客人要来吃饭。女佣正把餐具摆上餐桌。在此过程中，她发现桌布破了个小洞。

"我们要遮挡一下，别让任何人瞧见。"她说。

"上帝会瞧见的。"

"他今晚不会来这里。"女佣大不敬地说。

"他会来的——他无所不在。"儿子反驳。

儿子尤其注意我的言行。

"你不能说'该死'，爸爸。'小邋遢'的老师讲，谁要说'该死'，就会立刻下地狱。"

"我再也不说了。"我谦恭地回道。

一个周日早晨，看到我在写作，儿子严厉地训斥了我。

"儿子，"我沮丧地说，"我必须天天工作。要是我星期天不工作，星期一也会什么都不想干。要是星期一什么都没干成，星期二也会懒得做任何事。照此类推。"

儿子陷入沉思。绝望中，我孤注一掷，继续说：

"你很可能也注意到了，'小邋遢'需要换一本新的《教理问答》。她现在的那一本早已破旧不堪。"

对此，儿了毫无异议。

"可她永远都换不成。"我一口咬定，"她爸爸星期天只顾休息，导致其他日子也几乎什么都干不成。他永远挣不够买一本新《教理问答》的钱。"

我赢了—— 但这只是其中一次交锋，战争仍在继续。

黄昏，孩子母亲和我坐在儿子床边，轻声讨论此事。

"我俩该怎么办？"孩子母亲问。

"我俩完全无能为力。"我回答，"'小邋遢'说得对，上帝无所不在。我俩无法将上帝拒之门外。就算一时可以，那又怎么样呢？万一将来儿子得了什么大病，感到伤心绝望，神职人员可能会借机劝说儿子信仰他们的上帝，称这是一种他未曾尝试、可疗效神奇的新疗法。这样反而会惑乱他的心智。因此，儿子最好和其他孩子一样，学习马丁·路德和巴尔斯莱夫的作品，并经历坚信礼等所有宗教仪式。如此，他才会对这一切习以为常，然后有朝一日，也会和我俩一样，识破宗教的本来面目。"

不过，当儿子跑来提出各种难以回答的问题，例如：上帝有多大；是否比圆塔[1]还大；天堂有多远；为何他那么虔诚地祈祷，可当天的天气并不好……我俩只能从上帝面前落荒而逃，躲起来，一如伊甸园里的亚当和夏娃。

我俩把这些问题留给"小邋遢"回答。

1　圆塔，丹麦著名建筑，坐落在丹麦首都哥本哈根市中心，建于十六世纪。

18 情敌

儿子遇到了情敌。那傻小子名为亨里克，不仅已满六岁，而且有吃不完的甘草糖。更令人气馁的是，亨里克还在学习舞蹈。因此，当儿子问他能否也去学习舞蹈，免得完全落后于人时，我一点都不感到惊讶。

"我要是你就不会去学。"我说，"舞蹈学校教的那种舞蹈并不值得学，对恋爱的帮助也没你以为的那么大。我不会跳舞，但一直以来，许多漂亮姑娘都更喜欢我，而不是那些跳舞高手。再说，要知道，你膝盖外翻很明显。"

为哄儿子开心，我唱了一首小曲。那是儿子小时候我俩自己胡乱编的。当时家里养了条狗，而他还不懂男女之事。

快瞧，儿子，那只巴吉度小猎犬，

迈着膝盖外翻的短腿儿，跑啊跑！

可连自己的幼崽，它都追不上，

因为毫无疑问，它铁定要摔跤！

膝盖外翻的比利！

它是不是很可笑？

可笑的比利！

但儿子毫无反应，仍愁眉苦脸，闷闷不乐。意识到情况严重，我决定认真对待。

我带儿子去参加舞会——学过跳舞的人大展舞姿的真正舞会。结果我费了好大劲才没让他完全睡着。

我俩默默坐在角落，旁观一群人尽情跳舞。我一言未发，只是看着儿子大睁的眼睛。

"爸爸，那个男人为什么还跳个不停啊？他都热得直冒汗了。"

"是啊——很奇怪吧？"

"那个侧着脑袋的女士为什么看起来这么难过？"

"那个胖女人为什么要这样单脚跳来跳去啊，爸爸？她的样子好滑稽。"

"爸爸，那边那个男人的腿可真弯啊！"

儿子提出一连串问题，而且频频惊叹。我俩不停地开玩笑，直至连眼泪都流了出来；又窃窃私语，用各种难听的话对那些人评头论足；接着走进一间侧室，模仿那个双腿打不直的家伙，结果笑得喘不过气来；最后我们回到舞场，坐下来，等待不停来回回的"蒸汽机车"从面前经过——听到那人气喘吁吁的声音，我俩都快笑死了。

我俩乐不可支，引起了众人的注意。

"蒸汽机车"、双腿打不直的家伙、胖女人、热得直冒汗的先生和其他人把我俩团团围住，纷纷夸赞我家这位可爱的小男孩。我俩只管接受他们的恭维，并不多说什么。因为我俩已经讲定，自己的真实想法绝不告诉任何人，除了回家后告诉妈妈——当然，还要告诉"小邋遢"。

儿子眨巴着眼睛偷着乐儿，最后睡着了。我把他送回家，放到床上。

就这样，儿子打消了学习舞蹈的念头。

儿子绘声绘色地向"小邋遢"描述，亨里克跳起舞来将是什么模样。那位小绅士否认儿子所说的一切，还当场演示了几种最优美的舞步，但这于事无补。因为，我对此早有防备。只听儿子不屑地说：那不过是刚开始用来引诱傻瓜的；最后，亨里克肯定会蹬着打不直的双腿，拉着某个胖女人，单脚跳来跳去，大汗淋漓，一脸绝望。

当然，与此同时，我不会忘记：如果只破不立，必将陷入危险的怀疑主义泥沼。

因此，我两编了几段不同的舞蹈，让儿子在院子里表演。"小邋遢"看了很喜欢，但亨里克非常嫉妒。我两又指出，这些舞蹈是我们自己专门为心爱的女人所编，而且只为她一个人表演。

例如，有一段舞蹈是儿子挥舞一根棍子，逼得亨里克不断后退。另一段舞蹈是为"小邋遢"献上一双新手套。最后一段是"甘草糖舞"，表达对该食品的不屑一顾。

令儿子非常懊恼的是，"小邋遢"竟然边津津有味地嚼着亨里克给的甘草糖，边欣赏另一名追求者凭聪明才智所编的舞蹈。但我向儿子解释，这是因为"小邋逼"是女人，而且我俩对此完全无能为力。

假如在天堂的布农维尔[1]正好俯视人间，看见我们，不知他会说什么。

不过，我不相信他真能看见。

假如在天堂真能看见尘世的人怎样跳舞，他在上面早就待不住了。

1　布农维尔（1760–1843），十八世纪法国著名芭蕾舞蹈家，曾在丹麦哥本哈根歌剧院演出，名噪一时。

19 犹太人

孩子们彼此大打出手，院子里一片喧闹。

听到他们喊"犹太人"，我走到窗边，结果看见儿子冲在最前排，光着脑袋，攥着拳头，边吼边和人打架。

我默默地回到书桌边，坐下继续工作。我相信，儿子很快便会过来，告诉我发生的一切。

果然，没过多久，儿子便来了。

他如往常那样，站到我身边，但什么也不说。我偷偷瞄了一眼，发现他踌躇满志，得意扬扬，俨然一位凯旋的勇士。

"你在院子里玩得可真高兴啊！"

"没什么，"儿子谦逊地说，"不过是和大家一块，揍了一个犹太小子。"

我腾地站起来，冷不防把椅子打翻在地。

"一个犹太男孩？你们刚才在揍一个犹太男孩？他做什么了？"

"什么也没做。"

看到我一反常态，儿子的声音变得不太自信。

但这仅仅是开始。接下来，我一把抓起自己的帽子，边以最快的速度冲出门外，边喊：

"快——快——我们必须找到那个犹太男孩，请求他原谅！"

儿子跟着我急急忙忙往外跑。尽管完全不理解，但看得出来，他挺把我的话当回事。我俩喊着，叫着，把院子找了个遍，又冲去街上追赶，直至转过街角。我俩气喘吁吁地连问了三位路人，有没有遇见一名可怜的、看上去刚遭人打了的犹太男孩。

一无所获。那犹太男孩连同所有欺负他的孩子，消失得无影无踪。

我俩只得悻悻地回到书房。对于我俩来说，书房就像实验室：置身其中，我们可以仔细思考，从而使自己对平庸生活里发生的重大事件形成更加明确的认识。我皱着眉头，用手指不停地敲打书桌。儿子双手插在衣袋，紧紧盯着我的脸。

"好吧，"我说，"眼下也不能再做什么了。不过我希望，有朝一日你能再次遇见那男孩，和他握手，请求他原谅。你必须告诉那男孩，你是一时犯傻才欺负他的；还要告诉他，如果再有谁敢欺负他，只要你有一条胳膊或一条腿能动，就会帮他揍那些人。"

从面部表情看得出来，儿子很乐意照我说的去做。因为他仍是一名"雇佣兵"，不在乎立场，只在乎有仗可打、有利可图。但我责无旁贷，须把他变成能够保家卫国的忠诚战士。于是，我继续说：

"听我说，犹太人很了不起。还记得'小邋遢'在学校学到过的大卫吗？他曾经就是一个犹太男孩。还有尽管死于两千年前但至今人人崇拜和敬爱的耶稣，他也是犹太人。"

儿子双臂搁在我的膝盖上，专心地听我讲述《圣经》中的故事。

崇高而伟大的希伯来古人——完全不同于巴尔斯莱夫那本书上的描述——一个接一个，不断出现在我俩眼前。他们骑着骆驼，身穿五颜六色的衣服，蓄着长长的络腮胡子……摩西、约瑟及其众兄弟、参孙、大卫、扫罗[1]。传奇的故事接连不断。随着祭祀吹响号角，耶利哥的城墙顷刻崩塌[2]……

"还有呢？"儿子问着，露出那副特有的表情。他很小的时候经常露出那种表情；直到现在，每逢被深深吸引，还是如此。

我告诉儿子，耶路撒冷遭到毁灭，犹太人携男挈女，四处漂泊，饱受嘲笑、鄙视和虐待。他们被禁止拥有自己的房屋或土地，世代只能以经商为生，可经商所得的毕生积蓄最终却让基督徒强盗们洗劫一空。尽管如此，流落在无数憎恨和迫害他们的异乡人中间，犹太人仍忠于自己的上帝，恪守古老而神圣的宗教习俗。

关于犹太人的故事，讲了整整一天。

书柜中有几本我非常爱看的旧书，作者是一位名字古怪的犹太人——儿子完全无法理解那名字的含义。我

1　以上均是《圣经》故事中的人物。
2　耶利哥，西亚死海以北古城。据《圣经》记载，祭祀吹响号角，该城城墙随即神奇地塌陷。

俩一块浏览那几本书，并得知，如今在丹麦最著名的正是一位犹太人。

夜幕降临，孩子母亲走向钢琴，边弹边唱了我最爱的一首歌。听起来，这首歌的歌词和旋律像是分别出自两位犹太人之手。

当天夜里，上床睡觉时，儿子两颊潮红，浑身发烫；睡着后，还辗转反侧，不停地说胡话。

"他有些发烧。"孩子母亲说。

我弯腰亲了亲儿子额头，平静地回道：

"一点也不奇怪。今天，我给他接种了疫苗，以防他染上所有常见病中最令人厌恶的那一种。"

20 两个心上人

我们一家正在乡下——远离闹市的、真正的乡下。

终日与我们为伴的是牛、马、猪、羊、鸡、鸭和一条可爱的狗。当然，除此以外，还有一种两条腿的动物。他们拥有并照料那些四条腿的动物，但在儿子眼里，两者完全是同类。

隔着几座丘陵便是一望无际的大海。往来船只在远处经过，但没给我们带来任何信件。阳光明媚，把人的皮肤晒成古铜色。我们吃得好，睡得香，每天都在愉悦的心情中醒来。真正的遗憾只有一个：由于孩子母亲不同意修改，我和儿子没法像过去的樵夫那样，穿侧边带翻盖的裤子。

接着，不管是好是歹，我们有了邻居。

那是一家城里人。来之前，他们已做好农舍没装电灯的准备。不过，假如事先知道厨房里连自来水都没有，老天作证，那家人是绝不会来的。穿梭在三叶草丛中，他们步履艰难，犹如身陷泥潭；在黑麦田里没见着几朵矢车菊又会非常失望；路上偶遇一头自由走动的奶牛，更会被吓得如同见了老虎。

那家人的掌上明珠叫埃尔娜。

埃尔娜今年五岁，长着一张小巧玲珑且微微发青的脸、一双浅蓝色眼睛，留着一头黄色鬈发。她打扮得花枝招展：腰系柔软的宽腰带，身穿饰有精美刺绣的裙子，搭配看不见双腿部分的网眼长筒袜，脚蹬漆革皮鞋。一伸脚，埃尔娜便会摔倒，因为她只习惯于在光洁的地板或平坦的人行道上行走。

我立刻发现，儿子的眼睛看见了一个女人。

我们早晚会遇见一个令我们神魂颠倒的女人：身穿沙沙作响的丝绸，绾着美丽的秀发，裙底藏着她的灵魂，脚下踩着我们卑微的心。儿子看见的，正是那个女人。

"'小邂逅'有麻烦了。"我对孩子母亲说。

不过，这次，轮到儿子占据主动了。

儿子对周围非常熟悉，并向埃尔娜一一介绍。当儿子给马儿喂水，埃尔娜会在一旁瑟瑟发抖，但同时也会为儿子的勇气和男子气概所折服。当埃尔娜受到公鸡的惊吓，儿子则会为埃尔娜的娇弱所打动。儿子知道去铁匠铺的路，敢从高高的山坡往下滑，还会替埃尔娜拿着样式古怪的短上衣，守候在某扇门前——直至现在，我才恍然大悟，为何那扇门上刻着一个心形图案。

儿子的心思一目了然。显而易见，埃尔娜的家人也认为两个孩子很般配——那家人会下地狱的！而我只能无可奈何地静观其变，因为我知道，爱情主宰一切。

有天早晨，儿子求婚了。

他和心上人一块坐在草坪上。埃尔娜贫血的姑妈打着红阳伞坐在附近，皮包骨的腿上摊着一本小说。我坐在阳台，一如处于天堂的上帝，把一切尽收眼底，而下面的人谁也没发觉。

"你一定要做我的心上人。"儿子说。

"好。"埃尔娜回道。

"在哥本哈根，我已经有一个心上人了。"儿子自豪地说，"她的名字叫'小邂逅'。"

听闻这个消息，埃尔娜毫不介意，她姑妈却立刻义愤填膺：

"要是你已经有心上人了，就必须忠于她。"

"埃尔娜一定要做我的心上人。"

那位姑妈气得双眉倒竖。

"听听这孩子说的话！"她训斥道，"你是个非常恶劣的男孩。要是你对邋……邋……"

"'邋遢'。"儿子提示道。

"哎呀，这是什么怪名字啊！话说回来，要是你对她许下了承诺，就必须至死不渝。不然的话，你永远、永远都不会快乐。"

儿子完全不明白对方在说什么，只得一声不吭。眼看着一段金玉良缘就要告吹，埃尔娜哭了起来。见状，我把身子探出阳台，并举起自己的帽子：

"对不起，夫人。抛弃彼得森先生的正是您吧？"

"天哪！"

那位贫血的姑妈收起阳伞，带着埃尔娜消失了，消失前不停嘀咕着什么有其父必有其子之类的话。

没过一会儿，儿子来到我身边，然后呆呆地站着，垂头丧气。

"埃尔娜呢？"我问。

"他们不准她出来玩了。"儿子怯怯地回答。

他把双手插进衣袋，怔怔地凝视前方。

"爸爸，"儿子问，"一个人不可以有两个心上人吗？"

面对这个突如其来的问题，我一时不知如何回答。

"怎么不回答呀？"正在看报的孩子母亲和蔼地问，并抬起头。

我往下拉了拉西装背心，又理了理领带。

"可以。"我坚定地回答，"但那样不好。你可能想象不到，那会导致许许多多烦恼和不愉快。"

一阵沉默。

"你非常喜欢埃尔娜吗？"孩子母亲问。

"嗯。"

"你想娶她吗？"

"想。"

我站起来，搓了搓手。

"那就这样定了。"我说，"我们给'小邋遢'写封信，提前说一声。这是我们唯一能做的事。我现在就写。下午等邮递员来了，你可以亲自把信交给他。还有，听我的话，把你的皮球送给'小邋遢'。那样，她就不会太难过。"

"要是她喜欢，我的金鱼也可以送给她。"儿子说。

"太好了！那我们把金鱼也送给她吧。这样一来，她绝对没什么可抱怨的了。"

儿子走了，但一小时后，又回来了：

"爸爸，给'小邋遢'的信，你写了吗？"

"还没写，朋友。时间还早着呢。我不会忘的。"

"爸爸，我非常喜欢'小邋遢'。"

"她确实是个非常可爱的小姑娘。"

一阵沉默。

"爸爸，我也非常喜欢埃尔娜。"

我俩彼此对视。儿子并非在开玩笑。

"也许，写信的事，应该等到明天再说。"我说，"要么，等我们回城以后，当面告诉'小邋遢'。这样可能更好……"

我俩陷入沉思，一时拿不定主意。

接着，我突然发现，孩子母亲脸上正挂着难以描述的笑容。这个笑容清楚地表明，身为女人，她完全无法理解男人的内心。对此，我感到非常不平。

"来，"我向儿子伸出手，说，"我们走。"

我俩走了很远，来到一处高高的篱笆背面，然后躺在地上，边望着蔚蓝的天空，边进行理智的讨论，一如两位真正的绅士。

21 该上学了

儿子要去上学了。

他不能再一天到晚待在家里，孩子母亲说。儿子自己很想去上学，因为他不知道什么是学校。

但我知道什么是学校，也明白这事无法逃避：儿子必须去上学。可我心里很不是滋味。我的良心无法接受即将发生的事。

最后一次，我俩一块在晨间散步，走的还是那条带给我俩无数快乐的老路。但我看到的、听到的，与以往迥然不同：路边的树梢好像蒙着表示哀悼的黑布，鸟儿的歌声透着绵绵忧伤，行人似乎都目不转睛地盯着我，眼神里充满关切和担忧。

不过，儿子丝毫没注意到这些。他完全沉浸在期待中，兴奋地说个不停，还问了一连串问题。

我俩在路旁的排水沟边坐下——没错，就是以前经常路过的那条排水沟……

突然，我的情感战胜了理智。发自我良心的声音，穿透训练有素、配合默契的整个乐团，开始在儿子耳边进行独唱。

"我想告诉你，学校是个可怕的地方。"我说，"你根本想不到，在那里将不得不忍受什么。他们会告诉你，二加二等于四……"

"这个，妈妈已经教过我了。"儿子快乐地说。

"是的，可事实并非如此，你这个可怜的小家伙！"我叫道，"二加二绝不等于四，或者只在极少数情况下等于四。不单单是这个！他们还会千方百计向你灌输，德黑兰是波斯首都，勃朗峰海拔为14200英尺。最后，你就会相信他们的话。但我告诉你，不管德黑兰还是勃朗峰，根本就不存在，而只是两个毫无意义的发音。这真是一个蹩脚的玩笑。对了，所谓的勃朗峰，还不及那家杂货店花园里的土堆一半大。还有，听着，你以后再没时间和埃纳尔在院子里玩了。要是他来喊你，你不能出去，而只能坐在书桌前，埋头学习那些古代国王的生平事迹。别说我压根不信，就算历史上确有其人，这些丑陋的国王也早已死了几百上千年。"

儿子完全不理解我的话。但发觉我很难过，他把自己的手放到我的手里。

"妈妈说，每个人都必须去上学，让自己变得有学问。"儿子说，"妈妈还说，埃纳尔现在又小又笨，还不能去上学。"

我冲儿子点点头，没再说什么。

多说无益。

我把儿子送到学校，然后看着他头也不回、快步冲上台阶。

22 就写到这儿吧

关于我年幼的儿子，就写到这吧。

不然的话，还能写什么呢？

他已不再属于我。我把他交给了社会。每天五小时，彼得森先生、尼尔森先生和汉森小姐等各位任课老师将成为他努力效仿的光辉榜样。在学校，那些老师的影响无处不在。就算他放学回到家中，也摆脱不了他们的阴影。那些老师还将积极设置各种课程，不断对他进行说教。

我不认识那些老师，却得付学费给他们。

曾经，为获得精神和身体的全面自由，我进行过艰苦的抗争，而且从未退缩，哪怕遭受重创——直到现在，天气一有变化，创伤处仍隐隐作痛；可如今，我自愿把他送去为使人堕落而设的机构。曾经，我不时振翅高飞，在其他鸟儿纷纷退却时，独自翱翔于天际；可如今，我亲自把他送去一个地方——在那里，为使鸟儿按编队飞行，他们会剪短鸟儿的翅膀。

"我们别无选择。"孩子母亲说。

"真是这样吗？"我忿忿不平地反问，"我们真的别无选择？如果当初我攒下足够的钱，现在就可以用不着麻烦彼得森先生、尼尔森先生和汉森小姐，而可以自由支配时间，亲自领着这个小旅行家，我的亲儿子，探索一个个对他来说崭新的世界。如果当初我去世界各地寻找与自己志同道合的人，然后我们亲自进行教育，这些小家伙的棱角和冒险精神就不会磨灭。"

"是的。"孩子母亲说。

"对小男孩来说，现在是糟糕的时代。"

"过去更糟糕。"

"你可真会安慰人。说不定将来会更糟。这世上尽是小题大做的家长和老师，动不动就摇晃他们的榆木脑袋，为青少年的堕落感到绝望而无奈：现在的孩子真不听话、真淘气、真倔强、真自私、对长辈说话真没礼貌……对此，作为更有头脑的我们，该怎么办？"

"做我们力所能及的事。"

我在房间里不停地来回踱步，为自己的无能感到越来越不安，越来越羞愧。

"还记得吗，几天前，他过来对我说很想去乡下，还问我们能不能去乡下玩几天？从他眼里，可以看到绿草如茵的草地和草地上成群的牛马。唉，可我不能丢下工作。我无法承担那么做的后果。于是，我对他发表了一通非常精彩却又极不光彩的演讲，说自己还欠着裁缝的钱。你还不明白吗？这相当于我让儿子替自己工作，让他替自己还债……"

我俯下身，继续诚恳地对孩子母亲说：

"你一定知道——你能告诉我吗？天哪，我真的不知道，当时是不是应该答应儿子，免得亏欠他，可那样就得欺骗裁缝……"

"你完全知道。"孩子母亲说。

她说话的语气如此坚定，注视我的眼神如此平静，整个人又显得如此坚强与真实，我突然感到，儿子的处境看起来非常不错。于是，我也变得和她一样平静而快乐。

"让彼得森、尼尔森和汉森当心一点。只要儿子愿意，我可以让他从他们那里学习任何关于地理、历史和语言的知识。但他们不能蒙蔽儿子的双眼。我会让儿子保持清醒。我们父子俩会非常快乐，还会齐心协力，将他们识破，如果他们那么做的话。"

"而我会为他辅导地理、历史和语言。"

My Little Girl

亲爱的女儿

当然，她出生于许多年前，小时候爱说引人发笑的话；随着双腿逐渐变长，身上的裙子也越来越长、越来越长。不过，我想告诉你的并非这些。成为父亲，看着孩子不断长大，最后离自己而去，这一切再平常不过。在某种程度上，有无孩子对男人毫无影响，哪怕因此不得不抽比过去廉价的雪茄。但对我来说，孩子给生活增添了不少妙趣。一如世上所有的男人，我的生命中出现过几个女人，其中之一便是女儿。真正意识到她存在的那一天，我永远不会忘记。当时，女儿在我书房。突然，我看见了她。正是她，在我生命的源泉面临干涸之际重新为我注入活力与快乐。不过，首先，我得先和你聊聊那一天。

01 那一天

　　我挂好帽子和外套，然后坐到咖啡馆靠窗的老位置。窗外大街上人来人往，熙熙攘攘。那是正在入侵这座城市的上班族大军。接着，街上会冷清一个小时，然后人流会再次涌现。每天早晨，我就这样边望着窗外繁忙的大街，边等服务员送来咖啡和报纸。多年来，我的一天由此开始，无论那一天到底过得怎么样。

　　今天和往常很不一样。我能感觉到，但说不清究竟哪里不一样。脑子里一片混沌，街上的行人也显得模糊不清。我苦苦琢磨：他们为何走在街上，自己为何坐在这里。新的一天尚未开始便已结束。我心中冒出一种隐隐约约、朦朦胧胧的不安。

　　服务员端来我点的早餐，然后站在旁边迟迟不走。他好像在说有份报纸尚未送到，还说已数落过不负责任的报刊经销商，最后主动提出要打发伙计去帮我取。我只顾怔怔地看着服务员，直到对方把刚才的话重复一遍，才明白怎么回事。

"噢，不用了，谢谢。"我说。劳烦服务员派人去取报纸显得非常荒唐。看不看那份报纸完全无关紧要。但紧接着我突然记起，前不久也出现过这种情况，而当时自己急不可耐地想拿到那家报社的报纸。从服务员的表情一眼便能看出：他很不解为何我前后判若两人。"噢——唔——好的——谢谢，您真是太热心了。"我改口说。

热心的服务员走了，而我的心情越来越糟。为顾及完全不熟的陌生人对自己的看法，我做了原本不会做的事。其实，自己根本不在乎是否少了一份报纸。让服务员派人去取那份报纸实在愚蠢，就算取来了也无济于事。从服务员逐渐远去的背影看得出来，他也在琢磨，今天我是怎么了。服务员瞧出我有些不对劲，但到底哪里不对劲，连我自己都不甚明白。我说不清究竟怎么回事，并因此深受困扰。我怔怔地望着街上的蚁穴，眼前变得越来越模糊。

02 告别报友

　　一个人走进咖啡馆，在邻桌坐下。我心不在焉地打了个招呼。与他相识纯粹是因为每天早晨的看报比赛。无论哪里在进行选举，我俩都会跑去为各自支持的候选人投票，绝不缺席。我俩截然不同：一位躲在沙发角落，高傲地拉下窗帘，另一位却大大咧咧、满不在乎地坐在拉开窗帘的窗户下；一位都快冻僵了，另一位却热得受不了；对于孩子同样的行为，一位要打屁股，另一位却要表扬；一位全年天天早晨冲冷水澡，另一位夜夜坐在书房工作。但每天早晨，两人会不约而同精神抖擞地来到咖啡馆，进行看报比赛，并因此相互敬重、惺惺相惜。每天见面已成为我俩的习惯。如果一天不见，总觉得少了什么。

　　自从我所在的政党上了台，我俩每天的晨聊就变了味。有一天，我讥讽他那些同党提出的反对意见非常幼稚。次日，他便大肆嘲笑与我同党的首相施政荒唐。于是轮到我抬不起头了。

"我了解到，交通运输业的工人在闹罢工。"那人说。

"是吗？"

换作昨天或前天，我仍会用同样的口气回应那人——如果某人用这种口气说话，表明他了解最新的新闻，而且不同意对方的看法。不过，我听得出来，自己说话时没什么底气。应该补充点什么，可又不知如何补充。我感到如坐针毡，真希望自己没来咖啡馆。

接着，打算伸手去拿报纸时，怪事发生了：这么简单的动作竟然无法完成。那只手根本不听使唤——真的。这并非心理作用，而完全是真真切切的生理知觉。这知觉出现得如此突然，又如此强烈，令人大吃一惊。我立即缩回自己的手，把身子往后一靠，接着又把椅子往后一挪，准备起身离开，但犹豫片刻后，我再次坐下，打算想个明白。

我安慰自己，偶尔一个早晨不想看报不值得大惊小怪，但又立即知道这是在自我欺骗、胡说八道、故意拖延。绝对不是看不看报的问题，真正的问题比看不看报严重得多。我意识到，自己的负面情绪绝非刚刚出现，而是已在骨子里酝酿多日，直到今天早晨突然爆发。我开始在脑中回想最近经历的无数小事：出现无缘无故、挥之不去的坏情绪；产生各种不详预感，并因此心神不宁；冲别人发脾气；今天，又莫名其妙地意志消沉；刚才和服务员交谈……

我双臂抱胸，盯着面前的八份报纸。过去，我习惯按固定的顺序看报，如果某份报纸尚未送到，宁可等上一会儿，也不愿暂时跳过，先看下一份报纸。我对这几家报纸的排版了然于胸，常常在各家报纸上寻找同一新闻，以此估计那些报道究竟有多少可信度。利用这种聪明的方法，看完所有报纸，便能了解当天需要了解的新闻，然后安心地回去做自己的事。

那是很久以前的事了。当时的我和现在截然不同。此刻，我想起这些，一如回忆自己时常对人提及的少年往事。此时，那个报友察觉出我有些不对劲，于是放低手上的报纸，打量我。

"今天您不看报吗？"

“没心思看。”

我直言不讳的回答令那人迷惑不解。他好奇地盯着我看了一会儿，然后戴上眼镜——只有想遮住眼睛时，他才这么做。

“您大概不会知道，一座住着两万人的小岛没被淹没？”那人乐呵呵地说。

“我家街对面住着的寡妇将要饿死了。”

“天哪。”

那人说话时面带微笑，彬彬有礼。他是有教养的绅士，和忍饥挨饿的寡妇住在同一条街上。但我始终无动于衷。我同样很有教养，常示人以微笑，可此刻怎么也笑不出来。我的心情糟糕透了，根本不想搭理他。见讨了个没趣，那人摘下眼镜，继续看报，同时脸上开始洋溢着灿烂的笑容。

“至少，您一定得看一下奥尔森昨晚的演讲。”那人说，“您的同志，贵党的领导人……”

“我的同志没发表任何演讲。”

那人盯着我。我的声音几乎细不可闻，仿佛说的是打孩提时就学会的陈词滥调，而非五分钟前刚刚获悉的糟糕消息。

那人的笑容消失了，取而代之的是一脸恼恨和嫉妒。他瘫坐在沙发上，叹了口气，接着抓起报纸，但随即又放下，开始用力擦拭眼镜。

"您现在很沮丧。"那人说，"您不再关心这些事。这不怪您。我的看法和您一模一样。在虚伪的政治和龌龊的报纸上浪费大量时间，一个正直的人应该感到羞愧。"

我摇摇头，但那人并未注意。他沉浸在自己的思绪中，越想越觉得不如我。那人对我的真实感受一无所知，却毫无理由地认为我比他高明。我望着街上，而那人在冲心爱的报纸大发脾气——要知道，直到今天，对我俩来说，看报仍相当于教徒每天早晨去教堂做礼拜。最后，那人实在找不到词来形容对报纸的鄙夷，于是——千真万确——逐一列举起不看报的大人物。他刚说完，我便起身，穿上外套。

"您要走了啊。"那人说着，显得很失望。

我慢慢戴上手套并扣好。自始至终，我一次都没打断对方，也不想说话，因为对他无话可说。那人的处境完全不同，我没有丝毫兴趣想要了解。一等我离开咖啡馆，那人便会再次津津有味地看起报纸。如果今晚有什么地方要举行歌颂上帝、国王或祖国的集会，他绝对会第一个赶到。但现在我必须走了，去一个能弄清自己究竟出了什么问题的地方。

此时，我的目光再次落到那几份原封未动的报纸上，并想起和那人的初次交流——那一次，我们都对隔天就变废纸的报纸表达了轻蔑之意。我决定回应这个似乎因为自己的沉默而感到尴尬的人，并打算以后再也不见他。

"想不到您会说这些话。"我说，"而且，我完全不明白，您为什么要和我说话。"

那人并未留心听我的话，只是露出和蔼的微笑，仿佛面对的是一个刚刚可能有点神智失常但开始慢慢恢复正常的呆子。我戴着帽子，重新坐下。服务员送来之前麻烦他帮忙去取的报纸。我道了谢，把那份报纸放在其他报纸上面。

"都是些政治新闻。"我说。

"是的。"那人高兴地说。

"我再也不想关注政治。"我说，"我再也没心思看报。我对政治失去了兴趣。政治让我非常失望，但我没那么下贱，要劝说仍喜欢政治的人放弃看报。"

那人笑容满面，非常高兴。但我毫不在意，因为有更重要的事要考虑。现在我真的想走了。

"知道吗，"那人说，"您说话的口气，简直就像绞刑架上顽固不化的虚无主义者。"

"这个比喻真不赖。"我回道，"也许您可以把我遭受处决的消息告诉那些热心的报社。"

"可敬爱的先生……"

我向那人举帽告辞，接着离开了咖啡馆。

03 我丢了魂儿

我丢了魂儿。

因为不想让人瞧见自己失魂丧魄的模样，我避开主街拐入一条小巷。结果毫不意外地撞见了延森！延森和我素无往来，但由于目前的艰难形势，不知为何，几乎在哪儿都会相遇。不久前，我俩就曾拥抱对方，共同为若干政党出现变化而流下欣喜的眼泪。

延森是出身低微的普通人，因此顺理成章成了优秀的民主主义者。身为小人物，他自然以小人物的方式进行抗争：总是去应去的地方，做应做的事，包括公开煽动、暗中操纵、起草决议、参加游行、资助贫困党员、缴纳战争税等。两人在这里不期而遇令我非常尴尬。延森对此同样猝不及防，而且看上去似乎也不太对劲。看到我，他露出不自然的微笑，并如遇见密友一般，和我热情握手，接着转过身挽起我的胳膊陪我一块走。他不时瞥我一眼，眼神鬼祟、狡黠却又带着一丝羞愧。说不出为何，我觉得延森对我有所企图。不过，假如我知道他要什么，而且给予他之后便能摆脱他，我决不会吝惜。

"你大概还没看今天的报纸吧。"延森说。

我摇摇头。"没看报"这几个字似乎写满了我的全身，真叫人恼火。

"唔，我这所以这么想……是因为你没有祝贺我。"

"对不起……今天是你生日？"

延森脸上泛起两团好看的淡淡红晕，看上去像即将溺水而亡。可哪里去找救生带救他呢？气氛一时非常紧张。接着，他重重地叹了口气，做出几个幅度很大的臂部动作，表示自己正脱掉所有衣服，赤身裸体地站在我面前，接受友好的评价。

"我受封为爵士了。"

"哦……啊……恭喜，恭喜。"

我的语气不带丝毫讽刺，因此，延森立即打消所有疑虑，又变得怡然自得。重新穿上"衣服"的他挽起我的胳膊大步往前走。对延森来说，我俩相遇不再是令人后悔的事，反而可以好好利用。他也确实这么做了：机会一来，便拽着我朝主街走去。

"我当然知道，自己会招致各种负面反应。不过，谢天谢地，世上也有识时务的理智之人。该死……在这个国家，你不得不受封为爵士。这很荒唐——我的意思是，很可悲——但真的不重要。世道就是如此。你我无法在突然之间改变世界，而且一个人原来什么样，就会一直什么样，即使他参与了必要的喧嚣。如果他们认为我被收买了……"延森推开我，然后一脸严肃地打量我，仿佛我刚开了一个价想收买他。但紧接着，他再次眉开眼笑，整张脸灿烂如秋分前后的满月。

"还记得刚加入工会那会儿吗？当时，我们想使工会变得更加自由。"延森说，"结果引起轩然大波。那真是一段令人怀念的时光。现在，时代变了，但我想说，我们仍有成功的机会。看看鄙人——一位爵士，孩子，我将鼓动整个集团，你就等着瞧吧……"延森信心十足地哈哈大笑，但随着他的目光望向街对面，他突然住了口。

延森在街对面看到的是我俩的同党同志尼尔森。毫无疑问，尼尔森绝对看了今天的报纸，因为他正咧着嘴露出鄙夷的笑容。延森慌忙和我握手告别。

"我得跑了……一大早见到尼尔森那副令人恶心的嘴脸，真的有点受不了……再见……有空，记得来看我哦。"

延森跑了，丢下我一个人，绝望地落入尼尔森的手中。

04 不再愤怒

我认识的所有人里，信仰最坚定的莫过于尼尔森。他不是说"是"和"不"，就是大喊"注意听"和"好极了"——如今的政治就得这样；凡事都要弄个明明白白，而且眼里容不得任何沙子；夜里与妻子在床上谈论政治，还和年幼的孩子一块学习大革命。

"你好像和那家伙胳膊挽着胳膊。"尼尔森说。

"亲爱的尼尔森……"

"你大概还没看今天的报纸吧？"

"是啊……"

"他受封为爵士了。"

尼尔森料想我会追上并当街辱骂延森，但我只是掏出手帕擦了擦自己的脸。

"别朝我啐唾沫，"我平静地说，"这不公平，因为我不会啐回来。"

"爵士……他……"

"好啦……有什么奇怪的呢……要知道，那可是他一直梦寐以求的。"

尼尔森抓住我的双肩，看着我的眼睛，提醒道：过去大家总是视这些虚衔为粪土，而表现得最不屑的正是延森。他气急败坏，啐着唾沫，喋喋不休。

我边对尼尔森唯唯连声边从他手底挣脱出来，打算找机会告辞。

"你的意思是说，我们从政三十年就是为了受封为爵士。"

"我们中的有些人确实是为了这个目的。"我回答，"这事真值得浪费这么多口水吗？不管怎么说，我得告辞了。我很忙。还有，受封为爵士的并不是我。"

尼尔森狐疑地看着我，说："你也很可能受封为爵士。"

"我表示怀疑。"

"亲爱的朋友，我想对你说：你完了。你不再愤怒。你被扼杀了。"

"恐怕你说得没错，尼尔森。"

尼尔森早已迈着坚定而激进的步伐愤而离去，所以并未听见我悲哀而诚恳的回话。他把我列入了堕落者的名单，而且认为我比延森好不到哪儿去。

我无助地站在原地，目送尼尔森的背影逐渐远去。

05 退出游戏

尼尔森说得没错：我完了。

我退出了游戏……离开了每天早晨一块看报的报友……离开了刚受封为爵士的延森……离开了也是同党同志的尼尔森。但今天，我真的无法继续面对那些人和那些事。我犹如蜕去硬壳、才长出嫩皮的动物，不得不找个地方躲起来，直到身上的嫩皮再次变硬，足以抵御这个世界。

我请人捎口信给家里：自己夜里才回去，而且说不定会很晚。接着，我拦下一辆出租车，准备去火车站。一只脚刚踏上出租车的踏板，就有人使劲但友好地拍了一下我的背。原来是马森。

"好久不见。"马森说，"好像自从上次工会集会以来，我俩就再也没见过面。当时，在会上的讨论中，你很生我的气。"

我盯着马森油头肥耳、胡子拉碴的面孔：脑门布满汗珠，双目眼泪汪汪，嘴里满是唾沫。他那张面孔一贯如此。

"我猜你已经改变主意了吧。"马森说，"今天早上，你看首相的演讲了吗？"

"没有。"

"务必看一下。种种迹象表明，丹麦即将步入更好的时代。这些迹象如此明显，哪怕瞎子都能瞧见。眼下，许多志同道合的人正团结一致，共同奋斗。我们誓要清除所有反对我们的卑劣宣传……"

我竭力克制心中的鄙夷，极不情愿地抓住马森伸来的手，与他握手告别。我感觉体内剩余的最后一点点力量随之流逝。

"走吧。"我冲出租车司机喊道。

06 我老了

　　我先坐火车，接着步行，走了很久，也走了很远。眼下正值秋天，是远足的好时节。当然，我不是漫无目的地瞎走。

　　要去的是一处熟悉的地方。那地方曾见证我的喜怒哀乐，已成为我自己的一部分。我在树林里大步流星地往前走，越接近那处钟爱的地方走得越急。枯叶在脚底沙沙作响。举目四望，落叶漫天飘舞。

　　真庆幸那地方远离我日常活动的范围。我在清新的空气中徒步，内心逐渐恢复平静。要面对遇到的问题，得先摆脱众多纷扰：包括各种各样肤浅的杂念和微不足道的琐事——它们接连出现，让人看不清真正的问题；还包括形形色色无关紧要的人——它们老是缠着我，唠叨不休。那些人似乎仍在穷追不舍。我不禁加快脚步，并感觉他们逐渐放弃了对我的追踪。整个世界只剩下脚踩枯叶的沙沙声和漫天飘舞的落叶。最后，我终于到达目的地，气喘吁吁地走进那家小酒馆，里面显得比刚才经过的树林更加萧瑟。孤单而忧郁的服务员递上菜单。我提出若干问题，并点上几样吃的，而这似乎让那服务员恢复了些许生气。既然已到这里，就完全不必着急了。我心不在焉地吃着所点的东西，根本不知放进嘴里的是什么；吃完后，又抽着心爱的雪茄，来到花园深处——远处便是大海。

服务员端来咖啡，并给我换了更舒服的椅子，然后开始抱怨糟糕的季节。说着说着，他又提出要给我拿盖腿的毯子。我当然不会拒绝。无论这个好心人给什么，我都会欣然接受。我想一直听这人说话，只要他愿意继续说。听他说话让我卸下了所有包袱，彻底心平气和。

说了一会儿，服务员走了。我再次变得孤身一人。

我对着雪茄深吸一口，随后徐徐吐出，看着烟雾在空中逐渐消散。很想知道现在几点，但随即便忘了看时间。我想起有位医生曾劝我戒烟，不由放声大笑。要说使人成熟，任何哲学或宗教都远远比不上烟草。实在想不通，不抽烟的人该如何排解来自生活的重重压力。

我坐在那里，边想边笑，但只笑了没一会儿。说也奇怪，刺骨的寒风对着我的双脚一个劲儿地吹。服务员给的毯子并无多大作用。光秃秃的茎秆上，沉甸甸的红色野蔷薇果不住点头。远处便是湛蓝的大海。整片海面构成巨大而醒目的动态背景，围绕的正是我遇到的那个问题。

我直直地盯着那个问题，看得一清二楚。

那个问题就是：我老了。我坐在无边的落叶中回忆过去，更糟的是，我突然明白自己为何老了。

我站起身，开始在漫天飘舞的落叶中往回走，边走边逐渐意识到，自己已变成一个满腹牢骚的糟老头。想到这里，我的羞愧之情油然而生，久久挥之不去。

天色已晚，树林里一片黑暗，显得阴森恐怖。空中仍飘舞着落叶。万籁俱寂，落叶的簌簌声听着格外清晰，犹如窃窃私语，令我不禁毛骨悚然，仿佛身陷无数鬼魅的重围。

黑暗中仍有动物出没，一头鹿踏着满地落叶，跳跃着经过，带起一片沙沙声；另一头鹿探出脑袋，瞪着满是惊讶的眼睛，仿佛想问我是否不属于人类，也不准备回家。

我当然是人，也正准备回家，但无法像鹿一样，受本能驱使，在树林里自由地跳跃穿梭。光凭食物和伙伴不足以让我感到幸福。我是一个人，远比动物复杂得多：假如自己的某部分出了问题，我无法像动物那样，只需求助于大自然便能恢复如初，而是必须悔悟、自我修补，然后竭尽全力继续前行。

我确定自己所在的位置，接着朝火车站走去。今天晚上，真想这样不停地走下去，直到世界尽头。走了一会儿，我停下脚步，一动不动地站着，侧耳倾听。

高空掠过一阵突如其来的巨大嘈杂声，仿佛远处某个地方正遭受猛烈的暴风雨，回音响彻云霄。原来是候鸟开始南迁。尽管看不见，但凭声音听得出，那些鸟儿焦虑不安却又充满力量。如果自己打算去旅行——我把手杖往地上猛地一杵，开始继续赶路——将去哪里呢？

唉，真希望自己是爱冒险的人……是只要有仗可打哪儿都愿去的雇佣兵。可我是看重家庭的丹麦人，而且远比一般丹麦人更看重家庭。再说，我也老了。要去旅行，你得年轻、自由，且有一双善于发现的眼睛；你得相信，所到的每一处地方正是自己想去的，所见的每一位姑娘正是自己喜欢的……

07 捧花的人

火车上，对面有个人始终盯着一朵红花。他深情地用双手捧着那朵花，并不时小心翼翼地把花举向自己的鼻子和嘴巴。

那花绝对是心上人送的。那人并不年轻，两鬓已现斑白，双手也因为岁月而变得粗糙，但他正在恋爱。

他只顾嗅手里的红花，对周围的一切视而不见、充耳不闻、无知无觉；也完全忘了发生在自己身上的其他所有事，对发生在别人身上的事更是漠不关心。他肯定写过许多愚蠢又感人的情书，还会为区区一朵花欣喜不已。

此外，那人长得也很英俊。我不由得开始嫉妒，但不是嫉妒他有心上人。这么多年来，我在感情方面一直很幸福，内心毫无对爱情求而不得的遗恨。真正令我嫉妒的是，他因为恋爱，整个人洋溢着喜悦的光芒。他身上怎么就没有阳光照射不到的黑暗角落呢？

总之，那朵红花属于对面那个人，不属于我。

08 演讲台

我到了城里，回家路上经过工会大楼。会议厅灯火通明，里面的说话声和掌声在街上都能听见。此时我才突然记起今晚有个会议。衣袋里还装着一张事关重大的条子，本来要带去会上宣讲，以支持董事会。阻止急功近利的年轻一派占据主导地位非常重要。在这节骨眼上一切都得冷静应对。如果那些年轻人占据主导地位，将对组织的发展造成毁灭性影响。

情况就是如此。虽不知自己为何那么做，我还是走进工会大楼，而且转眼间已站在曾参与无数回激烈论战的会议厅内。里面挤满了人，论战正在进行，与会者情绪激昂。

演讲台上的人正慷慨陈词，鼓吹中庸之道。一如过去无数回的经历，我注视着他，侧耳倾听。那人仪表堂堂，处事圆滑；终其一生做的都是此刻正在做的事：活像一条鳗鱼一样扭动着身子，从昨天的立场灵巧地游到今天的立场，同时留下后路，便于再从今天的立场游到明天的立场。总之，他善于把己方的每个决策说成唯一正确与合理的选择。演讲过程中，那人难得瞥一眼处于会议厅左边的年轻与会者，等那边的人一开口，他便立即打断，也不管对方说的是什么。对那群年轻人而言，他已经不中用了。那人真正的听众，是与其站在同一立场的年长与会者——他们大部分都坐着。他正在告诉那部分听众应该怎么做、为何那么做，而那些聆听者完全理解，并不时报以热烈掌声。他们是我昔日的同志，一群都有点儿头发斑白、秃顶、大腹便便的体面人。那些人叫什么、做过什么，我几乎都说得出来。今晚他们全来了：坐在那里，面带酒足饭饱的笑容，好奇而愤怒地打量对面的年轻与会者——那些年轻与会者晚餐没吃那么多，因此更加吵闹。

眼前的景象与三十年前一模一样。那时，站在左边的是我们也是一样，对演讲台上的人又鄙夷，又抗议。而坐在前面几排的，是另一群大腹便便的保守者。

我悄悄走出会议厅。在这灰暗的一天，仍亮着一支小小的蜡烛。假如我置身于那群大腹便便的人中间，与他们一起吹灭所有蜡烛，这一天可能变得更糟。

09 她

我的住所并不赖。整栋房子隐藏于几株枝繁叶茂、绿荫如盖的大椴树下，与世隔绝。不过，从早到晚，附近那座工厂传出的巨大嘈杂声无时无刻不在耳边萦绕，提醒我别忘了自己身处何地、过着怎样的生活。邻居都是不谙政治的普通人。对他们来说，政治往往意味着免费的食物和娱乐，而且经常还有免费的白兰地。白天，阳光照着我家花园的玫瑰。许多个夜晚，从附近的穷街陋巷会突然爆发斗殴的喧闹声，打破原本的寂静。每天早晨，鸟儿总在窗外欢啼。没错，这就是一个日益年迈之人的家——新时代已将其团团包围，而且虎视眈眈，巴不得立即将其拆除，代之以新的工厂或兵营。

我心中泛起一股莫名的伤感，迫不及待地想赶回家中。突然之间，回家成了世上的头等大事。我急匆匆地穿过几条空无一人的街巷。家人都已睡下。但书房仍亮着灯——一贯如此，无论我在哪里；不然我所在的地方就会一片黑暗。此外，书房里用于取暖的炉子仍燃着火，窗户也开着。书房外那株椴树的落叶，纷纷飘进开着的窗户，散落在书房地板上。大家称这些落叶为"主人的叶子"。我曾辞退过一名女佣，原因是再三让她别管那些落叶，可她就是不听。今夜，不知书房地板上散落着多少树叶。早晨，我看到那株椴树的枝叶已非常稀疏。要不了多久，树上的叶子便会掉光。

我走到屋前，然后停下脚步，仔细打量。我能分辨从这所老宅传出的每一个细微声音，也知道某扇窗户背后有什么，另一扇窗户背后又有什么。我似乎听见最亲爱的家人在里面熟睡的鼾声，看见他们的美梦在寂静的深夜翩翩起舞。许多个夜晚，我回到家中，与家人同坐于这片屋檐下；或独坐于雅致而幽静的书房，看着椴树的落叶飘飘荡荡，不断落到地板上，为书房增添又一重雅致和幽静。

我从未如今夜这般疲倦，却又觉得似乎无权在这个属于自己的世界歇息。尽管截至目前，谁也没发现，此刻回来的已非早晨离开的那个人。我甚至不知道明天早晨该如何醒来，以后的无数个夜晚又该如何入睡。我小心翼翼地把钥匙插入锁眼，以免吵醒任何人；进门后，我挂好外套，打开走廊的灯；接着迈上通往书房的三级台阶——简直难如登山；最后打开门，进入书房，并再次关上门。

打开的窗边有把安乐椅，上面坐着熟睡的女儿：长发没有盘起，而是垂至肩膀，以便就寝；一片椴树的落叶粘在那头长发上，随着吹进窗户的风无声地上下起伏；女儿整个人蜷缩着，安乐椅又大，她显得格外瘦小——她也许会觉得冷吧。就在此时，又一片树叶落到女儿手上，但她毫无知觉。女儿肯定有话对我说，而且一心想等我回来，但左等不来右等不来，最后睡着了。我打算过去唤醒女儿，但没走几步便突然驻足，一如前往大马士革的扫罗[1]。我心中陡然升起异样的感觉，可一时又说不出为何，只是紧紧盯着她。猛地反应过来

---

[1]　此典故源自《圣经》，讲的是圣保罗在前往大马士革的路上听到上帝召唤，于是皈依基督。

后，我竭力克制着，好不容易才没让自己喊出来，同时不再想唤醒女儿——决不！我心头掠过一阵巨大的恐惧。她不会死了吧。我走上前并俯下身子，打算用手试探一下。女儿呼吸舒缓，睡得正酣，面带来自梦乡的微笑。

我尽量不发出任何声响，并尽可能近地挨着女儿坐下，然后我像素未谋面似的仔细打量她。刚才，我突然心里一沉，但转眼又如释重负。紧接着，我头晕目眩，一片茫然。各种想法纷至沓来、彼此缠结。突然之间一切都变了。我很想独自静一静，所以未唤醒女儿。

眼前就是我原以为已经变得衰弱且正悄悄离自己而去的生命，就是我想坐在公园长椅上倾羡的新生命。这生命近在咫尺——由我所生，亦交由我呵护。呵护这生命，是我无法逃避的责任，而且绝非简单易做、无甚风险的日常琐事，它是需要一个男人参与完成、也值得一个男人为之付出的人生乐事。

10 引领

　　我目不转睛地看着女儿：她睡得正酣，全然不知我就坐在旁边，为她身在书房而谢天谢地。她如此年轻，无数东西正等着她去领取——我将亲手把那些东西交给她。她永远不必为了获知真相而撒谎，不会在需要朋友时孤立无援，也不会在必须独行时遭受朋友纠缠。引着她步入舞池一定非常奇妙。我将向她指明何为美好人生，并激发她追求幸福的勇气；还将告诉她，自己也年轻过，但现在老了，而她正值青春年少，因此比我更富有、更强壮、更有前途。我们父女俩将一块欢笑，也将一块哭泣；将无所畏惧，对一切直言不讳；将同心协力，追求值得努力的目标；将乐此不疲，对披着羊皮的狼穷追猛打，直到那些狼原形毕露。我将督促她不说脏话，并助她保持内心纯洁；还将引领她避开烂泥塘，抱着她越过污水沟，但也会高兴地把她抛入最湍急的水流；我将让她的生活充满阳光。

11 晚安

我继续看着坐在安乐椅上的女儿。想到自己苦恼了整整一天，忍不住大笑起来。女儿被我的笑声吵醒，站了起来。

"爸爸——是您啊——现在几点了？"

女儿睡眼惺忪，盯着我愣了一会儿，随后双眸恢复神采，并用双臂一下搂住我的脖子。

"爸爸，请不要生气。我这么晚还没睡，等您回来，是因为我有话要对您说。"

女儿坐在我腿上，娓娓而谈。我只听见无比平静而悦耳的嗓音，却没听进去她到底说了什么。最后，女儿说完了。我用亲吻向她表示晚安。行！没问题！现在，她得去睡觉了。明天……

我留心听着女儿走上楼梯。听到她关闭房门后，我跟着上楼，来到孩子母亲身边，用亲吻将其唤醒。

"谢谢你为我生了个宝贝女儿。"我说。

孩子母亲在迷迷糊糊中笑了笑。她大概在想，不知女儿对我说了什么，令我发出这样的感慨。不过，随她怎么想都没关系。

我回到楼下书房，恣意地伸个大懒腰，感觉自己变回了真正的男人。

我不再嫉妒那个手捧红花的家伙，并在女儿刚才坐的安乐椅上坐下来，一坐就是一宿。椴树的落叶不断飘进开着的窗户，我的内心无比喜悦。

12 玫瑰花

　　次日，我很晚才醒，然后在安乐椅上躺了很久，回味并沉浸在昨夜的喜悦中。这喜悦真真切切，绝非幻觉，而且此刻正流淌在体内，感觉比昨夜更加强烈。要做的事太多，反而不知从何入手。但没关系，现在我有足够的勇气和力量来完成此事。等我穿戴整齐，女儿早已去上学了。我当然要去接她，不过时间尚早，而且还有件事想马上去做。我买了七朵漂亮的玫瑰，在卡片上写下"马上就来"，然后找了个跑得最快的信使把花送去。在校门口，女儿开心地迎接着我。

　　"可是爸爸……这些玫瑰！您知道，同学们谁也不信这是您送的。"

　　"啊……"

　　"是的，我不得不把卡片拿给同学们看。她们都说，没有父亲会做这样的事。"

我俩一块回家，边走边乐呵呵地痛批那些吝啬的父亲。到家后，趁女儿陪她母亲坐在客厅，我偷偷溜上楼，到女儿房间去瞧那七朵玫瑰，发现那些玫瑰正自豪地立在花瓶里。没有父亲会做这样的事……哎呀，你们这七朵漂亮的玫瑰啊……你们是否一直穿梭于爱欲之路上，导致无人相信你们也会往返于父亲和孩子之间……

我感觉，自己在人生这场游戏中的新角色，完全可以演绎得更加深入。

13 有人追求她

　　在书房等我回家的那天夜里，女儿向我吐露的心事并非全是无稽之谈。即便当时没注意听她说的是什么，我还是很快就发现了。

　　有人追求她。

　　女儿在某位同学家里和那小伙子跳过几次舞。对方向她表达了爱慕之情。这让女儿的所有女性朋友，一如她们的母亲，对女儿羡慕不已。因为那人是不错的结婚对象，长得也英俊，舞又跳得极好。

　　现在，对方请求登门拜访。

　　女儿当然明白这意味着什么，并为此受宠若惊，激动不已。那小伙子不仅是众人中最优秀的，而且其得体的举止令女儿莫名地心生好感。再说，她的女性朋友中尚无人订婚呢。

那人来了。

他先和身为父亲的我单独谈了谈，并在谈话中坦陈来意：不仅要赢得我家女儿的芳心，还要向她求婚。他受过良好教育，也有一定的社会地位，且已就求婚一事征得父母同意。我的表情似乎令对方不安，但那人很快恢复镇定，说也许我不明白上述那些话的意图。其实他是非常想让我们，还有我们的女儿，相信他对婚姻的绝对忠诚。这是严肃的问题，而如今世道败坏……

"是啊，太可怕了。"我附和。

在客厅对我女儿略表爱慕之意后，那位贵客便告辞了。我欢迎他随时再来，并邀请他下周六来参加一场非正式舞会。在女儿疑惑的注视下，我叫来了女佣。

"玛丽，"我说，"刚才那位先生是来求婚的。这里的大门永远向他敞开，不管工作日还是节假日，白天还是晚上。"玛丽咯咯笑着离开了。

"那人对我提了求婚的事。"我说，"我回答他，现在没法说定。你有个姑妈住在米德尔敦，还得去问问那位姑妈的意见。"

"啊呀，爸爸……"

女儿埋怨了几句，但很快便与我和好如初。我俩拿出她的吉他，一块唱了不少动人的歌。这些歌讲述的，都是身披盔甲的骑士带着情人，同骑矫健的白色骏马，双双私奔……完全不顾父母之命，甚至直接从修道院出走。

"这些歌真是伤风败俗。"我说，"难道就没有一个骑士，先骑马去见一见住在米德尔敦的姑妈？"

"啊呀，爸爸……"

晚上，孩子母亲和我坐在客厅，详细讨论了女儿的婚事。

"你应该谨慎一些。"孩子母亲说。

"我这人一向谨慎。"我回道，"大多数不错的女人一生会有两任丈夫。我得竭尽全力，确保她直接找到第二任。"

"那人会是她理想的港湾。"孩子母亲说。

我拉着孩子母亲，使她在原地转啊，转啊，直到她喘不过气来。每逢两人意见分歧，这招屡试不爽，而且比起年轻那会儿，现在使起来更加容易。

"老太太，"我对上气不接下气的妻子说，"一个人该出海游历一番后再躲进某个港湾。难道大海不迷人吗？难道你不是理想的港湾吗？"

14 忍无可忍

　　随着交往的深入，女儿的追求者越来越让人觉得简直十全十美。那人向我坦承，他当然也曾出没于各种娱乐场所，但去得不多，绝不会让未来的妻子遭受不良影响。无论是有女士们的场合，还是和我单独聊天，那人经常礼貌地提起对婚姻、文学、道德和艺术的看法，而且对女士们怎么说，对我也怎么说，从不面是背非。唯有一个例外，但这例外绝不容忽视。那人显然认为，女人与男人完全不同——她们适合结婚，但绝对不配进入男性世界最神圣的殿堂。

　　每当这样阐释了某个什么观点，从而表明自己确实言之有理，那人便开始摩挲着胡须的下巴，扬扬得意。

　　"关于胡须，存在一个奇怪的现象。"有天，那人不在场时，我对女儿说，"你要么根本不会注意某个男人是否留着胡须，要么只看得到胡须！"

女儿表示同意，并唰地涨红脸。一眼就能瞧出，她并未完全倾心于对方。那人频繁上门，而且每次都一本正经，令女儿非常诧异。他俩独处时，她也不知该说什么。不过他俩极少独处，因为有女儿的某位监护人在场似乎更合那人之意。此外，那人显然对女儿的心思有所了解，知道她觉得这段关系中缺少点什么。女儿毕竟年轻单纯，无法确切地说出究竟缺少什么，而那人十分清楚自己无法给予所缺之物。不管怎么说，那人非常危险：假如他今天求婚，女儿肯定会答应。女儿受到女性朋友的嫉妒和揶揄越来越多，但这并非全部原因。那人绝不是傻子。他用殷勤织起一张大网，将女儿困在中心，最后以极其谦逊的姿态出现在女儿面前，而且莫名其妙地站得比其他所有男性都高。连他表现出的完美形象也成了一种优势，尽管这令女儿厌烦。女儿如此年轻，却在不知不觉中对跳舞和聚会失去了兴趣，甚至对此感到不堪折磨。她还太年轻，无法察觉那人优雅底下掩藏的残忍。

"那人真的非常讨厌，"我对孩子母亲说，"毫无疑问，如果和他在一块，女儿将失去人生所有的乐趣与幸福。"

"我们只能忍着。"孩子母亲回道。

终于有一天，我实在忍无可忍，于是决定豁出老命奋勇一搏，以实现自己正义的目标。

当时，我们——女儿、那人和我——正在一块儿散步，边走边聊些学术问题。

那人说了一番冠冕堂皇但其实不言而喻的漂亮话——听着像是说行善反而使人贫穷。他对此滔滔不绝地解释了一通，获得了女儿的赞同，然后开始捋自己的胡须。就在此时，我把手杖往人行道上猛地一杵，走向前去，挑衅地盯着那人。

"我的好先生，"我说，"说实在的，我并不觉得您的话多么有趣。您就这样追求姑娘吗？请阁下看一看周围：阳光明媚，就连讨厌的小麻雀都在那边叽叽喳喳地谈情说爱。还有，请看一看那个老邮递员瞧姑娘们的眼神。"

听到这个玩笑，女儿的追求者疑惑地瞥了我一眼，随之试图用微笑化解自己的窘迫。但我再次把手杖猛地一杵，而且这次更加使劲。

"我对您说：请带她去树林；和她在高高的山毛榉树下调情；领她去'海景餐厅'吃一顿大餐；告诉她您爱她爱得要命；最后，坐末班火车回来；或者干脆不回来。那边就是火车站。下一趟火车三点三十五分开出。"

说完，我转身就走。我希望自己的后背显得愤怒而坚决。但体内的一颗心却因为担忧女儿的命运不住地颤抖。过了一段漫长的时间。那人真的会……此时，有人从后面追了上来，一下挽住我的胳膊。原来是女儿。她双眼有些湿润，但眼神里透着笑意。

我俩高兴地快步朝家里走去，以便把得胜的喜讯带给孩子母亲。

15 她长大了

不多不少，正好一个月后，邮递员送来了女儿那位追求者订婚的消息。当天，我们全家像过节一样吃了一顿丰盛的晚餐。我还以香槟向女儿举杯祝贺。希望这天那对准夫妻有我们一半快乐。

女儿的追求者永远走了。但他曾经来过，而且没有白来。

女儿曾站在人生殿堂的入口，亲身体会到，一个人稍不留意便会拜错神灵。虽然绝口不提那件往事，但她确实通过那段经历长大了：思想变得更加成熟，并开始萌发对人生的憧憬。女儿的梦想和话语有时仍带着少女的稚气，有时又透出女人的成熟，令人又惊又喜。

一天晚上，我们父女俩坐在家中埋头看书，孩子母亲则摆弄着神秘且永远做不完的针线活儿。女儿走过来，问了一个极为幼稚的问题。我们夫妇俩一齐盯着她。

"我最亲爱的女儿，"我不耐烦地反问，"难道你不知道婴儿是怎么出生的吗？"

"知道……可是……不知道……"

我打算给女儿解释一番。对于这个话题，我向来遵循那些博学明理之人的建议，而且相信，身为父母理应把如此重要的知识传授给孩子，对此我们责无旁贷。我恼怒地瞪了一眼孩子母亲，因为在此事上她没有尽职。

正待开口，女儿瞥向我的眼神使我把要说的话咽回肚子。她显得很难为情，尽管马上恢复了常态。接着，在我们夫妇俩的注视下，女儿边低头看着书，边说：

"在学校，同学们都想谈论这个话题。爸爸，您不知道，现在的年轻女孩有多不知羞耻。但我不想听她们谈论。我一直想的是，等找到自己心爱的人，再来好好学习这方面的知识。"

我们三人都陷入了沉默。

我恨不能好好冲洗一下自己的思想，因为上面沾着污渍。在我看来，自己的教育方法显得无比粗暴，想帮助女儿的冲动又显得极为不当。其实，女儿早已拿定主意，现在更是用简简单单的话，清楚地表明了她对这方面的看法和打算。

16 把握幸福

放学回家的女儿显得心神不宁。

"乔安娜·尼尔森生了个孩子。"

"哦。"

"可是，爸爸，那孩子是非法的。"

"这纯属胡说，我的朋友。孩子永远是合法的。有些父母也许是'非法'的，令人憎恶，但孩子永远是合法的。"

"可她还没结婚呢。"

"在结婚以前不能有孩子。"

女儿坐在那里，头上仍戴着帽子，腿上搁着一本书。她瞧瞧母亲，又瞧瞧我。

"我们的语言真是荒谬。"我说，"既然都有了孩子，她当然算已婚。这毫无疑问。而且，在合法性方面，那孩子与世上任何孩子没有丝毫差别。你想说的是，无论市政府还是牧师均未认可她的婚姻。既然如此，你应该说，她没有办理结婚手续。"

"没错，我就是这个意思。可是，爸爸，一个人能被允许做这样的事吗？"

"我不知道，你说的'一个人'指的是谁。"我回答，"也不知道乔安娜是否曾得到允许。不过，快把你了解的情况告诉我。"

于是，女儿说了整件事的来龙去脉。乔安娜病了很长时间。没人知道她得了什么病，而且谁也不准去看望。上周五，女儿本想去看望，但别人说乔安娜已经搬家了。今天，校长彼得森小姐走遍每个班级，告诉学生：谁也不可以再去见乔安娜，哪怕在街上相遇也不能和她打招呼。

"我猜，彼得森小姐大概是基督徒吧。"我遗憾地说。

女儿不由得伤心痛哭。孩子母亲边轻拍女儿湿润的脸颊边好言安慰。

"哎呀，乔安娜一定难过极了。"孩子母亲说，"我以前很喜欢她。去年圣诞节她来过我们家。当时，你说她非常可爱，还记得吗？而且，她长得那么漂亮！"

"当然记得。这种事往往发生在最漂亮的姑娘身上。"

"彼得森小姐说，这是整所学校的污点，她不准乔安娜再踏进校门一步。乔安娜辜负了帮助过她的好心人，因为那些好心人本以为她是个正经女孩。乔安娜非常穷苦，除了好名声以外一无所有，可现在连名声也毁了。彼得森小姐还说，这一切的发生全是因为乔安娜无父无母。"

"彼得森小姐在撒谎。"我厉声道，"真实原因是乔安娜找了一个男人。"

我们三人垂着脑袋，默默地坐了一会儿。接着，我打电话叫了一辆出租车。

"赶紧准备。"我说，"我们现在就去看望乔安娜。"

女儿不太相信地瞥了我一眼……接着，她一下搂住我。

"啊，爸爸……乔安娜肯定会非常高兴……毕竟，其他人都抛弃了她。"

"唔，她还有自己的男人和孩子。"

"您认为，那男人也在那里？"

我用双手捧住女儿惊愕的脸蛋。

"他当然会在那里。你出生那会儿，我丢下你妈妈跑了吗？"

"没有。但他一定是坏人……"

"为什么那男人就得比乔安娜坏呢？乔安娜是挺不错的姑娘。这事发生前，她一定觉得对方是世上最好的男人。好了，赶紧去准备吧。你妈妈也一块去。对待小宝宝她有经验。孩子刚出生，难免让人手忙脚乱。何况这是乔安娜的头胎孩子。"

我们坐着车找了几个小时才到达目的地。每逢出租车在我们认为应该没错的房子前停下，女儿便目不转睛地盯着这栋房子，仿佛在盼着发现它对比其他所有房子的独特之处。

最后，我们终于抵达乔安娜的藏身之所，也就是她藏匿"非法"幸福的地方。我们走过一条长长的走廊，走廊两边的门上均未标注住户姓名。女儿紧紧抓着我的胳膊，我依稀能感觉到她的心跳。

乔安娜正坐在婴儿床边守着酣睡的孩子。女儿一下抱住乔安娜亲个不停，惹得后者满脸通红。不过这是出于喜悦。因为乔安娜的眼里没有任何羞愧，举止也不带丝毫窘迫。

"恭喜啊，乔安娜夫人。"我说。

乔安娜和我握了握手，又亲了亲孩子母亲。随后，三个女人脑袋碰脑袋，围着婴儿床，满怀崇敬地注视着眼前的世界第八大奇迹。

此时，这个奇迹的父亲不知从哪里冒了出来，突然来到我们中间。用"窘迫"一词来形容他倒十分贴切。听起来那年轻人似乎是颇有名气的画家。他抓住我伸出的手，然后真诚又忐忑地看着我的眼睛，和我握了握手。

"唔……这是……一个糟糕的局面。"画家说。

"是吗？"我同情地说，"我不太了解此事。不过我想一切都会好起来的。"

画家不明白我的意思，但乔安娜明白，并向我报以亲切的一瞥。女儿也明白我的意思。一直盯着画家的她此时露出微笑，向自己口中的"坏人"伸出了手。瞧那副神情，仿佛她正在帮助那"坏人"恢复名誉似的。画家回以微笑，但面对这个单纯的姑娘，又显得有些羞怯，因为这姑娘的态度完全出乎他的意料。

不过，他俩的公寓十分逼仄。一下子来了这么多人，实在过于拥挤。再说，外面阳光明媚，而且出租车还在街上等着。于是我提议大家去海滨大道找家餐馆共进晚餐。乔安娜找不到人替她照看年幼的女儿。女儿母亲立即自告奋勇，表示愿意代劳。她几天前刚去那边吃过饭，而且也有很多年没抱过小宝宝了。对她而言，有机会单独陪伴婴儿床和小宝宝几个小时，比什么都开心。

乔安娜把可爱的小家伙抱至胸前。我们其他人坐在一旁看着小家伙吃奶：刚开始，她仍在酣睡……醒来后便用粉嫩的小手紧紧抓住母亲的乳房，她不顾母亲疼痛，使劲地挤啊，揪啊。

"她力气可真大。"乔安娜高兴地说。

我提起马克斯·克林格尔[1]的作品《母亲与孩子》。但年轻的画家并不喜欢马克斯·克林格尔。在他看来，克林格尔过于算计和细致，而他注重的是大气……宽广……简单……

1　马克斯·克林格尔（1857—1920），德国印象主义画家、雕刻家、版画家和作家。

"是啊。"我指向乔安娜及其怀里的孩子说，"真是奇怪，当一个人专注于这类事情，生活就会变得无比简单。"

　　我们坐着放下顶篷的出租车穿梭在主街。女儿拉着乔安娜的手，注视着车外的人行道，希望看到熟人。要是能遇见许多同学，尤其是彼得森小姐，该多好啊！

　　过了一会儿，女儿转头看向身边的乔安娜。发现乔安娜因为很久没出门有点不习惯阳光和人群，她热情而紧紧地握住乔安娜的手。在衡量轻重方面，女儿终于成熟了。

　　"青春是多么美好和纯真啊！"我对年轻的画家说，"辜负青春的人真该感到羞愧。"

　　我们在海边吃了一顿丰盛大餐，其乐融融。年轻的画家举起自己的酒杯，说："乔安娜，让我们向他们表示感谢。"

　　"我们不接受任何感谢。"我回道，"不过，让我们大家来干杯，祝贺幸福的到来和把握机会抓住幸福的人。"

17 安娜姑妈

　　安娜姑妈来了，脸拉得老长——我从未见过她脸色如此难看。

　　应付了安娜姑妈硬声硬气的招呼后，女儿继续埋头看书。而安娜姑妈没摘帽子，也没放下雨伞和手提袋，便一屁股坐下，冲着女儿的方向对我频频示意，显得神秘兮兮。

　　但我不懂安娜姑妈要表达什么，她只得开口说话。

　　"我听说，那个乔安娜·尼尔森经常来你家，还带着……勾引她的男人。"安娜姑妈说。

　　"几乎隔天就来一次，安娜姑妈。还带着孩子。预计再过半小时他们就要来了。"

　　"啊，那我一定得在他们到来之前离开。现在，叫你女儿回避一下。"

"完全不必。"我回道，"她是乔安娜的朋友。听一听您要说的话，对她有好处。"

"好吧，我明白了。这也难怪。如今，大家什么都不瞒着年轻姑娘。"

"可是，安娜姑妈——"我高兴地说。

"在我看来，刚才提到的那位年轻女士丢掉了自己的好名声。"

"是的，没错。"我说，"但她也获得了补偿。她爱的小伙子很不错。她的孩子也非常可爱。不信您问孩子母亲。"

"听我说，我的好侄——"

"不好意思，打断一下，"我说，"我知道您想说什么。不过，关于她的好名声这件事，现在和过去有些不一样。时代在变。如今，一个正经姑娘想保持好名声远比过去困难。"

"我就始终保持着好名声——感谢上帝——直到今天。而且，有生之年绝对会一直保持下去。"

"的确，可是——您的丈夫和孩子在哪儿呢，安娜姑妈？"

安娜姑妈腾地站起来，脸色苍白。孩子母亲送她出门，回来时一脸担忧。

"她气坏了。"孩子母亲埋怨道，"这次你太不留情面了。"

"我确实没给她留情面。"我说，"她现在一无所有，所以就嫉妒那些比自己富足的人。可她偏要美其名曰'贞操'，让我实在无法容忍。"

18 结婚的理由

年轻的画家和我坐在花园的几株苹果树下。女儿头枕我的膝盖，躺在草坪上。乔安娜和孩子母亲沿花园小径推着婴儿车，边走边聊家常。

"我俩正在考虑结婚的事。"年轻的画家说。

"太好了！"

女儿看着年轻的画家，眼神里透着欣喜。

"女人都这样。"我说，"喏，瞧瞧这一个。对于此事，你和乔安娜加起来都远不及她想得多。她把方方面面都考虑到了。"

"是啊，此事并不容易。"年轻的画家说。

"没错，是不容易。婚姻是世上最难的事。不过，你和乔安娜应该会有美好的未来。你俩相遇于青春年华；又相扶相携，同甘共苦；现在还生了一个健康而漂亮的孩子。"

"是啊。考虑结婚主要就是为了孩子。"

"我不太理解。"我说，"一个人结婚必定只是为了自己。就算你和乔安娜没举行婚礼，孩子又会怎么样呢？"

"唔，等她长大后……谁也不知道，一个年轻姑娘会走上什么路，如果她没有——"

"没有父亲？你的意思是，她也许会重蹈她母亲的覆辙？"

"没错。"

我纵声大笑，惹得客人不太高兴。

"你让我想起了彼得森小姐。"我用胳膊肘轻轻推了一下女儿，接着说，"请不要生气。我不由自主地想起了女儿学校的那位校长。她曾告诉各个班级的学生，乔安娜之所以陷入目前的困境是因为她无父无母。"

"是的，我知道。"年轻的画家满脸通红地说，"不过，假如这种事发生在您女儿身上……"

"你根据什么认为，我对自己女儿的包容心反而不如对几乎陌生的外人？"

年轻的画家无言以对。

"真奇怪，生活对你竟然不再具有吸引力，年轻的朋友。"我说，"你和心爱的姑娘生了一个'非法'的孩子。你很喜爱这位姑娘，对自己的孩子也同样喜爱。可没等孩子开始长牙，你就绞扭着双手，担心自己会有一个同样'非法'的外孙女。"

说完，我便起身离开——沿花园小径，走向另外两人。

女儿和画家继续待在苹果树下深谈。

19 爱情与婚姻

乔安娜的孩子已经受洗，女儿做了孩子的教母。乔安娜和画家也已补办婚礼，并去了乡下——女儿曾去火车站为他们送行。我原以为，针对这一切恪守教规的举动，女儿会说点什么。毕竟那对新人的结合一开始就完全有违教义。但女儿只关心他们的幸福，什么也没说。

没过多久，我们的一对好友离婚了。

女儿对那两人都很喜欢，对破坏婚姻的第三者甚至更加喜欢。因此，对于此事她没法愤怒，只能感到困惑和难过。

"是啊。"我说，"的确令人难过。但他俩都是诚实之人，所以别无选择。再说，离婚并非世上最大的灾难。"

"假如我不得不与自己的丈夫离婚，我会活不下去的。"

"真的吗？"我欣喜地说，"那样的话，证明你已完全长大，敢于拿自己的生命冒险，去追求幸福。大多数人都没你勇敢。他们只会苟且地活着。"

女儿默默地坐了一会儿，接着把双手十指交叉，放在大腿上，向我吐露一个小秘密。其实，对于这个所谓的"秘密"，我知道得比她自己还早。

"爸爸，我相信，乔安娜的丈夫本来可能会爱上我的。"

"是啊，为什么不会呢？你长得非常漂亮，而他又是画家。那你爱他吗？"

"哎呀，爸爸……"

"很好。"我平静地说，"要想以别人的幸福为代价换取自己的幸福，绝不容易。"

"看上去，他很喜欢乔安娜呀。"孩子母亲说。

不过，女儿对这个问题的思考并未结束，而是不可避免地越来越深入。

"爸爸，什么样的人才称得上真正的夫妻呢？"

"这是个好问题。"我说，"但不好回答。我们生活于社会变迁的过渡时期，而其中最大的乱象莫过于男女关系。但面对这一乱象，教会和警察机关的处理方式极为不当和拙劣，结果使敏感之人受到伤害，使粗鄙之人更加粗鄙。不过，让我们来看一下……"

说着，我从书柜上拿下几本书。

"这些是爱伦·凯[1]的作品。"我说，"这些作品阐释了许多道理。爱伦·凯自己也是敏感之人，但从来不怕得罪那些粗鄙之人。她是一位深得人心的作家……我给你讲一个关于她的故事吧，好不好？"

"她长得怎么样？"

"很漂亮。多年前的一天，我和她曾在内河船上偶遇。我俩聊了一整天，并且在夜里入住同一家旅馆。第二天我醒来时，她已经离开了。我问旅馆女服务员，知不知道那位女士是谁？听到爱伦·凯的大名，女服务员丢下刷子和锅，高呼：哎呀，要是刚才好好瞧一瞧那位作家……要是刚才对那位作家说几句话，表达一下自己的感激之情，该多好啊……她收藏了那位作家的所有作

1　爱伦·凯（1849–1926），瑞典著名女权主义作家。

品，而且熟读到能——背诵。"

"那个女服务员又长得怎么样呢？"

"非常非常漂亮。"

当天晚上，女儿坐在客厅看爱伦·凯的作品。我坐在书房，不过没关书房的门。看书过程中，女儿不时和同在客厅的母亲讨论几句。

"妈妈，"女儿说，"我找到答案了。这里说，彼此相爱的两个人才称得上是真正的夫妻。"

孩子母亲对这个答案并不完全满意。

但她想不出更好的。

20 "我想我永远不会嫁人"

　　我带着女儿离开了学校。中学毕业后，女儿先交钱学习可怕的传统文化常识；又进一步学习大量无害的法语经典，以便将来有能力阅读一些更加"粗俗"和现代的作品，假如她想的话。此外，女儿费力啃完了妇女劝助会改编的文化史；还听了一系列关于历史、文学等的讲座，讲座内容都是经过适当提炼的要点。这类讲座，以贬低当今时代为代价，无限拔高莎士比亚及其时代，最终导致女儿对这位伟大作家失去了兴趣。

　　现在，我认为女儿学得够多了。

　　我建议正上法语作文课的女儿立刻——就在这周五、二十六日、七点半——离开书院。她非常高兴，但又想知道等待自己的是什么。

　　"爸爸，"女儿问，"一个人必须工作吗？"

"找份工作是非常不错的主意。"我回答，"毕竟那么多人都必须工作；要是你整日空着两只手，无所事事，长此以往会感到很不自在。再说，保持练习绝无坏处——一个人永远不知道自己什么时候就不得不开始工作。"

　　"那我得从事什么工作呢？"

　　"暂时，你先休息休息。看看喜欢的书，骑骑自行车，陪我散散步，还可以补补自己的袜子，要是你妈妈允许的话。"

　　"哎呀，她补不来。"

　　"我也这么认为。在此期间，我们好好商量商量。将来有一天，我们肯定会找到适合你的工作。这工作必须是有价值的，必须是你喜欢且擅长，又能带来收入的。"

　　"你应该学习厨艺。"孩子母亲说，"如今，没人知道怎么烹饪。"

　　"我觉得凯瑟琳的厨艺非常出色。"我说，"要是你真想学好厨艺，我想不出还有比她更好的师傅。"

　　"我不想做厨师。"女儿说。

"好，那就不考虑厨艺。假如我是年轻姑娘，我希望成为一名护士。"

"我也不想做护士。"女儿说。

"也许，在找到工作前，你会先给自己找个丈夫。那样的话，你可能成为丈夫工作上的帮手。法国女人几乎都愿意帮助丈夫打拼事业。法国是伟大的国家。他们的文学充满敢爱敢恨的情人，他们的国家充满忠贞勤勉的妻子。"

"我想自己永远不会嫁人。"女儿说。

"是啊。"我愉快地回道，"我想，你认为自己永远不会嫁人。"

21 她在想着爱情

冬天来了，又走了；夏天也是如此。一晃便是一年。

女儿的胸部和臀部变宽了些，脸蛋却有点变小。她的目光变得更加严肃，而且初次见面时总拿怀疑的眼神瞧人家，结果招致了没有礼貌的恶名；她还往往不加掩饰地表明自己喜欢谁，从而遭受到年长女士的厌恶和年长绅士的误会。此外，她变得沉默寡言，但其沉默也是一种表达。一块散步时，即使彼此连续几小时不说一句话，我俩也仍乐在其中。

女儿有时什么书也不看；有时却手不释卷，一本接一本地疯狂看书，可又觉得所有的书不是枯燥乏味就是令人厌恶。独自待在房间时，她总是不停地哼曲儿；而且经常呆坐着，腿上搁着吉他，出神地凝视前方——假如让我们撞见，她会唰地涨红脸。

女儿不再热衷跳舞，但偶尔参加舞会时总是尽情舞蹈，全然不顾自己的舞伴。此外，她也很少去剧院，除非演出包含音乐，或参演名单里有某位著名女演员。

女儿就像世界各地民谣所描绘的公主。

孩子母亲和我站在屋内窗边，看着在花园散步的女儿。花园里春意初现。此刻，女儿跪在潮湿的小径上，手扶一朵郁金香仔细端详，仿佛那朵郁金香在向她传达什么重要的信息。

"哎呀，她弄脏了那条漂亮的新连衣裙。"孩子母亲惊呼。

"她在和一位朋友说话。"我说，"她俩彼此正处于各自生命的同一阶段。"

"最近，她成熟了好多呀！而且完全变了。你觉得她心里在想什么呢？"

"她在想着爱情。"

"世上不是只有爱情。"

"在年轻人心里，世上只有爱情。她已经有了自我意识。尽管尚说不出心中渴望的究竟是什么，但这渴望犹如沁人心脾的芳香，在她周围萦绕不绝。一离开这芳香就活不下去。现在，假如某个男人得到她，她将死心塌地跟人家一辈子。"

"最近她老问一些稀奇古怪的问题。"

"要是你回答不了，就让她来问我。"

"你无法告诉她所有的一切。"

"我不能吗？"

孩子母亲十分震惊地看着我。我边轻抚她斑白但美丽的头发，边惊讶地说：

"我到底做了什么，竟让你对我这么没信心。"

22 郁郁寡欢

正值早春。连街边人行道似乎也呈现如紫罗兰般的蓝色，而姑娘们的双眸尽为绿色。

女儿坐在窗边，望着屋外。最近一段时间她很不对劲：总是一副郁郁寡欢的模样，夜里睡不好觉，又经常脸色苍白、满腹心事地四处闲荡；偶尔还会用陌生的眼神盯着母亲和我。

女儿肯定遇到了什么不为人知的事。

"也许和那个爱嚼舌根的特亚有关。"孩子母亲说，"那个特亚对她说了……"孩子母亲突然住口，不安地看着我。

"让她独自扛着吧，直到再也扛不住。"我说。

没过多久，我们那位名叫瓦尔特、总是吵吵嚷嚷的叔叔来了。进门时，他的外套敞着，帽子戴在脑后。

"天气好极了！"瓦尔特叔叔嚷嚷，"这么好的天气，要是一个男人不想带自己妻子去树林，那可真该死！"

瓦尔特叔叔是令人尊敬的长者，但年届六十的他，仍常犯不亲孩子而亲孩子保姆的错误。当然，他从未因为与自己的妻子去树林而名誉扫地。

"这位大姑娘为什么还待在家里？"瓦尔特叔叔再次嚷嚷，"你干吗不和心上人出去玩？"

女儿礼节性地亲一下瓦尔特叔叔，随后仔细擦了擦自己的嘴。她不喜欢瓦尔特叔叔，因为后者在她眼里显得太粗鲁，而且老拿上面那个关于心上人的问题寻她开心。瓦尔特叔叔走后，房间里只剩下我们父女俩。这时，女儿看着别处，问我：

"爸爸……您想和自己的妻子去树林吗？"

女儿的声音与往常略有不同，而且似乎话一出口便后悔了。虽然我并未立即回答，但她仍不看我。

我俩默默地坐着。女儿全神贯注，侧耳倾听，过了一会儿，终于把头转向我。

"这就对了。"我边说边点头。

"爸爸……"

"不，我不想和自己的妻子去树林。不过，要是自己的女儿愿意赏脸……"

女儿摇摇头，再次看向别处。她不想去树林。今晚，特亚要来我家吃饭……

"快穿上外套。"我说，"今天，我们父女俩应该去树林，一直待到天黑再回来。"

23 父母的账本

　　春天已至。阳光明媚，树木复苏，鸟儿欢啼。女儿对眼前的一切视而不见；也不像往常那样挽着我的胳膊，只是在一旁跟着走——虽然她近在咫尺，却仿佛遥不可及。她的脸因为忧虑瘦了一大圈。她有话要说，可不知从何说起；心有疑惑可并未提问，因为害怕听到答案。女儿满腹心事，殊不知自己的这些心事犹如写在一本打开的书上，让我一览无余；也不知我怀着同样且同等强烈的渴望——那就是，希望她能用语言将这些心事表达出来。

　　"子女和父母之间的关系可真奇怪。"我说，"他们既亲密无间，又极为疏远。对子女而言，这并没有什么。他们具有某种特质。父母不理解、也无法理解这种特质，因为这种特质就像今天的树林，就像春天，就像心中的渴望和新的开始。也许子女自己也无法理解，而只能通过感受，知道自己具有这种特质。但父母……"

女儿认真听着，但并未看我。

"父母则是历史——已经发生，已成定局，无法重新来过；这历史应该变成文字，应该告诉后人，说不定还可以从中得出某些结论。"

"没错。"女儿附和。

"一如许多其他事，世人在下面这件事上，也是既愚蠢又虚伪。"我说，"他们认为，查理大帝、克里斯蒂安四世和莎士比亚的生平事迹对子女十分重要，甚至不可或缺。但他们很少想到，让子女了解自己父母的人生经历也许更有意义。我的意思重点不是指子女应该知道自己父亲受封为爵士的日期，而是指子女应该知道：什么曾使父母快乐，什么又曾使他们痛苦；父母曾在哪些情形下遵守规则与习俗，又曾在哪些情形下打破规则与习俗。"

女儿终于挽起我的胳膊，但仍一言不发。

"每家公司都有秘密账本。"我说，"仅有老板一人知道。而且，老板决不会拿给任何人看，除了自己的继承人。里面记录了曾经发生的一切。只有看过此秘密账本，才能了解该公司的真实情况。当子女开始独立面对自己的人生，父母也应把类似的秘密账本交给子女。每一次危机都应认真记入其中，并详细描述；每一笔债务都应作出解释。但现实中，父母并不这样做，而会编一本与实际颇为不符的假账——它只适合作为歌词或感言，在纪念银婚的聚会上自欺欺人。子女就是听着这样的谎言开始走上自己的人生之路。"

女儿和我的胳膊更加紧密地挽在一起。我能感觉到她的胳膊在颤抖。

"等你有了孩子……"

"我永远不会有孩子……"女儿说着，抽走自己的胳膊。

"嗯。不过，万一有了孩子，记得如实'记账'，不要因为恐惧和羞耻而做假。"

女儿仍不理会我伸向她的手。

两人在正吐新芽的树林里默默走着。我不时看向女儿，但我俩的目光始终没有相遇。快过来，我的女儿。请快过来，我可爱的女儿……

24 欺骗

　　我俩已到达目的地——我常去的地方，它位于俯瞰沙滩的悬崖上。我俩刚吃了牛排，肉质比制鞋用的皮革还硬。不过没关系，反正这顿饭本来就吃得毫无兴味。并不饿的女儿正把放在桌布上的面包掰成小块，丢向鸟群。

　　"你知道你有个奶奶吧，也就是我妈妈，尽管你从未见过……"

　　"嗯。"

　　"我想告诉你一件事。"

　　我推开自己的餐盘，点起一支雪茄。

　　"小时候，我奶奶教过我《天主经》。这在当时是很自然的事。她没有一个晚上不提醒我念《天主经》的祷文，而且每星期天都带我去教堂，并让我在路德宗教堂受坚信礼。随着逐渐长大，我对宗教产生疑惑，不再坚信。我无法向父亲诉说心事，因为他虽为单纯而虔诚的基督徒，可总是忙于工作。于是，我便向母亲求教。最开始她嘲笑我，说我是傻小子，后来干脆赶我走，而且态度越来越粗暴，还拿地狱和地狱之火恐吓我。所以我只能独自面对心中迷惘，直到经历巨大痛苦才获得最终的安宁。我甚至一度动过轻生的念头。后来的一天——很多年前，当时你已出生——我和父亲一起在街上走。那会儿，母亲得了重病。父亲边走边说，那病是上帝赐予的莫大恩宠，因为是那病使得母亲最终皈依上帝。我顿时停住脚步，丢下手杖，盯着父亲，说不出话来。直到如今，我仍对当时我俩所走的地方记忆犹新，而且此刻回想起来，心中的震惊仍丝毫未减。父亲十分不解，问我是否不知，这么多年来，母亲一直不信教。"

女儿已不再掰面包喂鸟。

"我无法说服自己把一切告诉父亲。反正就算说了他也不会明白。我永远无法原谅母亲，因为她把我骗得好苦。假如我没这么坚强，说不定整个人生早已让她搅得一团糟。她的罪恶比那个杀死亲生孩子、令人唾弃的姑娘大百倍。"

这时，女儿直直地看向我的眼睛。她眼里噙着两颗硕大的泪珠。

"爸爸，除了妈妈，您还爱过其他女人，这是真的吗？"

"是的。"

"当时，您已经结婚了？"

"是的，没错。当时，你已是十岁的大女孩了。"

"您爱那女人胜过爱妈妈？"

"当时我和那女人正处于热恋中。我爱她。我想离开你和你妈妈，去和她结婚。"

"妈妈知道这事吗？"

"有什么能瞒过你妈妈的吗？"

泪水淌下女儿的脸颊。

"可怜的妈妈。"

"是啊。"我说。

25 单纯

我俩默默地坐了一会儿。

脸上挂着泪痕的女儿望向沙滩。我也望着同一方向。

"你妈妈从来都非常快乐。"我说,"因为她生性无比单纯。她对自己充满信心。她的所有行为,完全出自与生俱来的本能,因此没有什么能改变或击垮她。她举止自然,大方得体——不是出于责任和自律,而是生来如此。此外,她毫无嫉妒心,决不对人评头论足,所以从无敌人。任何心智尚未完全失常的人都会不自觉地爱上她。你妈妈小时候构想的童话故事,内容从来都是关于未来的丈夫和孩子,绝无例外。她是天生的母亲。她还非常年轻时,对幸福的渴望犹如圣像头部的光环,令人一见便知。有个懂得何为幸福的好男人立即向她求婚。你妈妈大吃一惊,很不高兴,不明白对方为何看上自己。她并未向那男人表现出任何好感。接着，你妈妈遇到了我，并一见钟情。是否得到我并无关系。她永远不会委身于其他男人。她已经心有所属。对此，每个人都看得出来。过了很久，我才成为她的丈夫，但在此之前，没有一个人敢追求她。自从遇见我，你妈妈一直非常快乐，直到如今。后来，我俩终于结婚，接着有了你。你妈妈的世界变大了，但她丝毫未变。对于家中之事，她无论多么难过，都不会没做完就撒手不管，哪怕此事完全无足轻重。她也绝不会因为高兴过头而忘记缝补破裤子。

"直到今天，我俩从未恶语相向。得知那个突如其来的变故，你妈妈仍和往常一样。她一心只为我着想，并立刻意识到：这么多年来，自己一直如此幸福，简直超越常理，谁也不能指望这种状态会永远持续下去。她一心只为我着想，仿佛身处危险的不是她，而是我。她瞧出我的压力、快乐和为伤害她而产生的愧疚。她所有的烦恼在于，她急切地想让我知道，我的不快乐绝不会成为她的快乐。在此期间，我从未见她流过泪。日复一日，她怀着对我的一片痴情，永远都娴静、单纯、

194

体贴、温柔，仿佛对她来说，这一切非常自然。事实上，的确如此。她从未改变。而在她心里，我也从未改变。"

女儿擦干眼泪，接着再次哭泣。

不过，女儿哭得已不像之前那样厉害。在她心中，心疼新裙子、没完没了做针线活儿的母亲变得更加伟大、更加美丽。这是十分自然的。因为，人类历来如此：虽然我们把忠诚视为最崇高的美德，但对于遭受欺骗而依然保持忠诚的人，我们会投去同情的目光。

26 荒谬的爱情

"您为什么没那样做呢？"女儿问。

"是啊。"我说。

鸟儿在灌木丛中歌唱，大海一片湛蓝。这次，换我望向沙滩了。

"是啊。"我说，"我想带着那女人去世界的尽头。我想和她生七个儿子。可我太严肃了。后来，她离开了我，和某个自以为是的家伙生了孩子。"

女儿隔着餐桌，伸过手来。

"可怜的爸爸。"

但我摇摇头，并未抓住女儿的手。

"不，亲爱的。"我悲伤地回道，"听我说，这并非最糟的。"

女儿一脸困惑。

"当时，我可能会为了一段快乐但短暂的婚外情，离开你妈妈和你——为什么不呢？"

"可……"

"不，我们人类害怕面对的那些事未必是最糟的。你俩的生活可能变得困难，但也可能因此变得大为深刻。也许你妈妈会因为生活的艰辛而获得成长，你则有机会近距离目睹生活更加严肃的一面。也许你妈妈仍会教导你要爱爸爸，而今天，你和我仍会作为一对好朋友坐在这里。与此同时，我可能还有七个儿子。"

女儿缓缓摇了摇头，但什么也没说。

"不过，真正发生的事远比上面假设的糟糕。"我说，"要知道，在那女人打算离我而去时，我觉得自己再也活不下去。不过，等她最终走了，我却蓦然发现，自己的生活呈现出前所未有的活力与美丽：你妈妈、你、我的工作、蔚蓝的天空、赏心悦目的树林。感觉就像卸下了压在肩头的千斤重担。长久以来，我第一次可以畅快而自由地呼吸。"

"您不是真的爱那女人。"

"在你看来也许是这样。不过，事实并非如此。为彻底放下对那女人的爱，我曾与自己进行长久而激烈的斗争。再说，我俩彼此相爱，远不止几周或几月，而是长达几年。她和我在一块时，我对我俩的爱从无半点怀疑。后来，当一切结束，我感觉自己犹如一个曾在大山里迷路的瞎子，就在即将迈入万丈深渊之际，才侥幸恢复视力。"

"是啊。"女儿说。

"这才是真正可怕的地方。"我接着说，"生活如此无常。爱情对我们人类开的玩笑又如此荒谬。"

我俩在树林里一直待到黄昏，仿佛依稀可听见树木的叶芽正在绽放。鸟儿的啼鸣此起彼伏，连绵不绝。太阳极其缓慢地逐渐西沉，看情形，明天仍会早早升起，和煦地普照大地，一如往日。我俩没怎么说话，但因为已了解彼此的心思，所以感到轻松而愉快。

"今晚，这些树就会长出新叶。"我说。

"是啊。"女儿附和。

回到城里后，也不知为何，我俩都不想立即回家，于是去了一家放着音乐的餐馆。在餐馆，虽听不清彼此说的话，但并无关系。而且，每次看向对方，目光都会相遇。直到很晚，我俩才回家。孩子母亲已经睡下，不过书房自然仍亮着灯，且充满来自花园的春天气息。我俩站在窗边，望着屋外。过了一会儿，女儿用双臂搂住我脖子。

"晚安，爸爸。还有，谢谢您。"女儿噙着眼泪说。说完，她便上楼去找母亲，并在那里待了很久。不知她俩聊了什么。我没问，也永远不会知道。

27 他

他终于出现了。把他介绍给我的是安娜姑妈。安娜姑妈写信来——她的信从来都像日本人的宣战书——请我去拜访她，说有要事相告，但由于风湿发作，她只能坐着，无法起身。

安娜姑妈的客厅十分静谧。摆设的花儿娇艳欲滴，各扇窗玻璃澄澈明亮。光洁的椅子腿儿一尘不染。椅子的织花衬垫尽管褪了色却毫无污渍。三十件钩针编织物摆放平整，白得耀眼。多幅陈旧的祖先遗像从各面墙上不以为然地俯视我俩。金丝雀在几根树枝间无精打采地跳来跳去——那只鸟儿又老又衰，一如客厅里所有的一切。从一只半开的抽屉不断飘出薰衣草的气味令人作呕。

一如往常，安娜姑妈坐在窗边的宝座上织东西。织针碰撞，咔嗒咔嗒的声响不绝于耳，听着就像从断头机发出的。每逢安娜姑妈拉扯纱线，篮里的线团便随之翻滚跳动，犹如砍下的头颅。

"您不该老坐在窗边。"我说，"这对风湿病没好处。"

安娜姑妈从眼镜上方得意扬扬地瞄了我一眼。

"是啊。"她回道，"总有人想让年迈的安娜姑妈少坐在窗边。"一阵沉默。织针不断发出咔嗒咔嗒的声响，线团在篮里翻滚跳动，金丝雀在树枝间跳来跳去。

过了一会儿，安娜姑妈对着日光举起所织之物，并发现一处漏针。瞧她的神情，仿佛那是织针故意为之的。

"你女儿在到处鬼混。"

"什么……"

从安娜姑妈嘴里冒出这样的词儿并非什么稀罕事。闻着薰衣草的气味，她的措辞听起来令人格外不舒服。

"她在到处鬼混。她在和男人们谈情说爱。"

"她在和几个男人谈情说爱，安娜姑妈？"

"我只见过她和一个男人在一块。不过，有一个，就会有更多。"

"我想您错了。"我反驳，"假如已有一个，只要那男人还不赖，就不会有更多。那小伙子是谁？"

"我不知道。"安娜姑妈嫌恶地回答。

"他叫什么，您也不知道吧？"

"完全不知道。"

"这么说来，其实您知道得并不多，安娜姑妈。"

"是的。就我看来你也一样。糟糕就糟糕在这里。"

"断头机"忙个不停。金丝雀突然开始尖叫，但安娜姑妈只一瞥便令那鸟儿立即打住。

"我见过他们两次，就在这条街上。"安娜姑妈说，"两次。第二次，那男人为了等她，走来走去，走了十分钟。"

"哦……当她……"

"我想你的幽默感用错地方了。"安娜姑妈打断我，"就在几天前，玛丽·奥卢夫森的妈妈来这里，告诉我，玛丽在和汤姆·拉森谈恋爱。他俩还没订婚呢，就一块去剧院、蒂沃利[1]和各种餐馆。要是相处下来觉

1　蒂沃利，丹麦哥本哈根著名文化娱乐中心。

得彼此喜欢，他俩也许会订婚。现在的年轻人啊，可真不像话。"

"我不这样认为，安娜姑妈。恰恰相反，我觉得年轻人脸色过于苍白，性格过于温顺。"

"哼，真的吗？"

"我真不知道，若非曾在两人自己选定的场合单独相处，年轻姑娘和年轻小伙子该如何彼此了解。"

"哼，你确实不知道。"

安娜姑妈身子往后一靠，同时把织针往腿上一撂。

"你知道我怎么想的吗？"她死死盯着我说，"我想有朝一日，他们会干脆先和对方睡上一睡。然后，要是喜欢的话，再结婚。"

我没有回应。因为我认为，和安娜姑妈讨论她的预言不会有任何结果。

"断头机"忙个不停。"砍下的头颅"继续翻滚跳动。那只鸟儿开始尖叫。陈旧的祖先遗像从墙上俯视我俩。薰衣草的气味无比难闻，熏得我再也待不下去了。

28 春天的气息

我们三人坐在餐桌边吃饭。我喝完汤盘里的汤，说：

"对了，顺便问一下，你们认识一个小伙子吗？他的名字……"

一听到那名字，女儿便放下勺子。我让孩子母亲再给我盛一盘汤。

"我是在康拉德森家遇见他的。"最后，女儿终于开口道，"当时是二月，他也参加了康拉德森家的舞会。我没告诉过您吗？"

"唔，经你一提，我好像记起来了……这汤可真好喝呀。如果有一天凯瑟琳想走，我要和她一块走……对了，今天早上，我遇见了年轻的康拉德森。我俩边走边聊了一会儿。他感到很苦恼，因为无法说服刚才提到的那位小伙本周日一块去埃尔西诺。那位小伙每周日都要去奶奶家，康拉德森说。怎么劝说都没用……"

"他奶奶九十二岁了。"女儿说，"而且几乎什么也听不见。"

"天哪！"

"他奶奶住在马丁路。他常陪他奶奶玩拉米纸牌游戏。"

"原来如此。康拉德森说那小伙挺不错，还说他很有男子气概。你和他不熟吗？下次有年轻人来家里玩时，可以把他也邀请来。"

当天晚上，女儿心情大好。她又笑又唱，还和母亲不停地跳舞，直到两人都喘不过气来。上楼后，过了很久，她仍在自己房间里边弹吉他边唱歌。

"她今天可真高兴啊。"孩子母亲说。

"没错。"我说，"当空气中充满春天的气息，鸟儿也是这样歌唱的。"

29 第一印象

噢……啊……好吧……

反正，要嫁给他的不是我。

说真的，我对小伙子的第一印象是觉得他有点难以捉摸。

他的衣服质地上乘，做工考究，但穿在身上整个人显得土里土气，活像老农民。他的衣领老是翘起来，每次都令他非常尴尬。一双手大而漂亮，一双脚也极大。他正是靠着那双大脚，怀着征服这座城市的坚定信念，从乡下一路徒步而来。其嘴巴和眼睛给人的印象，好像他必能实现自己的信念——那双眼睛十分锐利，眼神总是显得很冷漠。他配戴着眼镜，而摘下眼镜时，好像孩子；微笑起来很英俊，大笑起来更是如此；满脸络腮胡子——他自己刮胡子，但今天忘了。

当然，那人来自日德兰半岛，所以和孩子母亲一见如故。孩子母亲曾在日德兰半岛度过几年难忘的青春岁月。两人愉快地聊起了欧石楠、农民、农场和家酿啤酒。直觉立即告诉对方，孩子母亲是通情达理之人。最后，孩子母亲邀请那人与我们共进午餐，说将做他爱吃的煮火腿。对作为女儿父亲的我，那人表现出足够的礼貌，但仅此而已。和我寒暄时，他的目光一刻也没离开女儿。而且，他显然把我视作某种罕见的史前动物，并认为有必要向我表明：我的时代已经结束，我们这些老骨头早该离开，让位于更加年轻和优秀的后辈。那人对政治并无多少兴趣，他是化学家，打算去美国发展，国内没什么可做的。不会像其他丹麦人一样，思念家乡吗？没发现任何值得思念的东西。一等弟弟从日德兰半岛来到这里，能陪奶奶玩拉米纸牌游戏，他便动身。如果有实在离不开的东西，就随身带走。

在聚会上，那人应付得没这么自如：一次只能和一个人聊天，而且不会没话找话。因为缺乏应变能力，他有时会觉得受到了孤立，从而变得闷闷不乐、坐立不安……要抚慰其情绪对女儿来说并非总是一件易事。不过，等音乐响起，那人会突然从角落里冒出来，唱起一首民谣——说动听，可又伤感；说跑调，可又真诚——顿时成为全场焦点。

客人们一走，女儿便上床睡觉了。

"天哪，他穿的那双袜子可真奇怪！"我对孩子母亲说。

"是啊。"孩子母亲高兴地说，"那是自家织的。"

30 坠入爱河

女儿坠入了爱河，变得魂不守舍：虽仍在家里到处闲逛，心却在别处。而且时间观念比以往任何时候都要强烈：过去从不关心时间，现在却不停地看手表。昨天，她的手表坏了，就拿了母亲的。毕竟，她该怎么活呢，要是没有……

没和俘获其芳心的情郎在一块时，女儿总爱独自坐在自己的房间或花园，一坐便是几小时，要么发呆，要么做针线活儿——完全不是出于兴趣，而是因为这能打发时间，还能让自己放飞思想。她不再阅读。现在，书籍又能提供什么呢？她也不再触碰自己的吉他。可能是不敢吧？因为害怕吉他泄露心中的秘密。

偶尔，女儿会因为冷落了父母而深深自责，便挨着我俩中的一个坐下来大献殷勤。但她不再问各种问题，也不再需要我俩。她的所有心思都在爱情上，而且只有一个渴望——既合理又正当的渴望。

"她真美。"我对孩子母亲说。

"是啊。"孩子母亲忧愁地附和。

31 做你该做的事

"爸爸，我俩好久没一块出去走走了。"

"没错。明天我俩一块去树林吧？"

女儿震惊地看着我。

"哎呀，差点忘了！"我为自己的健忘摇摇头，接着说，"明天我没空。我得去参加工会会议。不过，可以另外找个你觉得合适的时间。"

女儿恢复了平静。

"我给你读一则故事吧。"我把腿上的书翻过一页，接着说，"听听故事里说的是什么。"

"这是什么书啊？"

"噢，有点类似于《圣经》。其实，这是一部很老的书，名为"无人说谎的国度"。不过，还是听一听吧。这则故事非常短。"

女儿点点头，望向窗外。我读了起来：

有个人老了：牙齿掉光，口水直淌，双目昏花，眼泪汪汪；他那曾杀死众多男人、也曾拥抱众多女人的双臂，无力地垂在身侧。老人生了十二个儿子和十二个女儿，如今却拄着双拐，步履维艰。子女每天把他抬下床，为他穿衣、喂食；冲他失聪的耳朵大喊大叫，替他梳理长长的胡须。老人愤怒地嘟嘟囔囔，但他们几乎听不懂父亲在说什么。一天，幼子过来，对老人说：

"父亲，我背您去晒晒太阳吧。我将过河，去对岸摘些您爱吃的红果子，等摘了果子回来，就陪在您身边，聆听您的教诲。等您累了，讲不动了，我将告诉您世界各地正在发生的战争和各种事情。"

老人用枯槁的双手推开儿子。

"收起你那套虚情假意。"老人愤怒地说，"尽管我老眼昏花，但从你年轻的眼睛，我仍能瞧出你对生活的渴望。快走吧。为你自己去战斗，做你自己在现在这个年纪该做的事。让我平静地死去吧。"

长女又过来，对老人说：

"父亲，我带了一条毯子，可用来包裹您虚弱的双腿。现在，我去给您煮点汤。等喝完汤，我就去把鲁特琴拿来，然后陪您坐一整天，唱您喜欢的老歌给您听。"

老人用拐杖吓唬长女。

"愿上帝惩罚撒谎的你。"老人愤怒地说，"你对某个男人的钟爱之情溢于言表。带着鲁特琴和渴望，去找你的情郎吧。"

老人说完，随即离去，最后死了。

我砰地合上书，然后看着女儿。她吓了一跳，接着抬起头，露出迷茫的微笑。

"完啦。"我说着，哈哈大笑。

女儿一个字也没听进去。但故事已经讲完。她的心早就不在这儿了。不过，女人真的……唉，好吧……

加快步伐，女儿，给我带一个外孙来，让我教他怎么握紧拳头。

32 "再见，爸爸"

孩子母亲去了市中心。

昨夜，这里曾遭受猛烈的暴风雨。我在花园边走边查看那些苹果树的情况。正值中午，骄阳似火。女儿来到花园找我。

"今年我们没水果可吃了。"我说。

女儿挽起我的胳膊，盯着那些苹果树看了一会儿。

"瞧瞧被风刮断的枝丫。要是再来一场同等强度的暴风雨，这些苹果树就完了，我们也一样。"

"爸爸……"

直至此时，我才注意到，女儿穿戴整齐，准备出门。

"你要去哪里？"

"我打算去海滨大道。"女儿边拉扯手套边说，"前几天，莉迪娅姑妈邀请我去她家。我好久没去了。"

"噢，难怪你打扮得这么漂亮。代我向莉迪娅姑妈问好。"

女儿唰地涨红了脸。不过，她的确进行了精心打扮。

"我可能会很晚才回家。"女儿说。

"嗯，我想也是。不过，你有家里钥匙。说不定你会在莉迪娅姑妈家过夜。以前你就曾在她家过夜。"

女儿把额头凑过来，好让我亲吻并向她告别。

"对了，请您和妈妈说一下。早上我忘了告诉她。"

说完，女儿走了。我愉快地目送她离去。

没走多远，女儿又转身跑回来，用双臂搂住我。

"再见，爸爸。"

女儿再次走了，去如疾风。她似乎噙着泪水，但我很快忘了这事。那些苹果树的确受害严重。

没过多久，孩子母亲回来了。

我先告诉她苹果树的情况，接着说了另一件事。

"你没碰到她吗？"

“没有。”孩子母亲回答，“莉迪娅姑妈全家上周三就去了霍森斯。昨天吃饭时我们还说起过这事。”

“这真是太糟了。”我说。

我一面说，一面不由得松开手中抓着的树枝，看向孩子母亲。树上挂着的雨珠扑簌簌地落到她身上，但她看着我，浑然不觉。我俩四目相对，彼此心领神会。

“唔，她总会回家的。”我说。

孩子母亲用双手抓住我的一条胳膊。她面色苍白，满脸惊恐。

“你觉得她在哪里呢？”

“我想，她和她得心上人在一块儿吧。”我平静地回答。

33 忧心忡忡

　　孩子母亲坐在苹果树下的长椅上：双手十指相扣，无力地搁在大腿处，显得忧心忡忡。我挨着她坐下，并把自己的一只手放到她手里。

　　"你真的这么认为吗？"孩子母亲问。

　　我不得不把当时的情形从头至尾、原原本本地告诉她，而且重复了一遍又一遍：女儿说了什么，表情怎样，如何跑回来亲我，我是否真的完全蒙在鼓里。

　　"你真的……"

　　突然，我俩不约而同地意识到，其实自己对女儿的事一无所知。这一心思在彼此的眼中流露无遗，但很快便消失了。过去几天观察到的一切清楚地表明，迟早会出现今天的情况，我俩的猜测不太可能出错。于是，不必再细想，两人便做好了充足的心理准备。

"想一想，"我说，"要是此刻，她从花园小径上走过来，你真不知应该高兴还是难过。"

"可她应该告诉我俩呀。"孩子母亲说，"我俩对她这么好，她应该告诉我俩的。"

但我摇了摇头。

"不，她没法那么做。这件事，她只能独自面对。"

我抓着孩子母亲的手，和她一块从长椅上站起身。

"她说要去拜访莉迪娅姑妈，并不是在撒谎。"我说，"她只是在掩饰自己的幸福，一如端庄的女人掩饰自己的身段。"

孩子母亲前往楼上女儿的房间，因为她突然产生一个荒谬的希望：女儿可能留下一张纸条，就像小说里写的那样。但女儿的房间里并无纸条……因为生活不是小说。

接着，孩子母亲返回花园，再次坐到苹果树下。我也挨着她而坐。我俩就这样坐着，彼此没怎么说话。

34 她会幸福吗？

　　天色渐晚。我俩坐在餐桌边。因为忘记提前交代，所以玛丽也安排了女儿的座位。我俩几乎没碰任何食物，只是一动不动地坐着，直到玛丽问今天是否不收拾餐桌。一切都和往常相同，却又完全不同。我俩感到不知所措。整个家空荡荡的，显得奇大无比。

　　孩子母亲待在客厅，而我像往常每天这个时候一样，坐在书房。书房的双扇门开着，但感觉就算大声呼喊，我俩也听不到彼此的声音。我对着雪茄点了一次又一次，但始终没点燃。

　　孩子母亲走进书房。过了一会儿，我跟随她走出书房，来到客厅坐下。后来，孩子母亲请求我不要踱来踱去，挨着她坐一会儿。我照做了，但很快便忘记，于是又开始来回踱步。孩子母亲走过来，挽起我的胳膊，与我一块踱步。踱了一会儿，我俩站在门口，望向屋外。

"要下雨了。"我说。

"你觉得她这会儿在哪儿呢？"

"和她的心上人在一块儿。"

孩子母亲回到客厅坐下，打算做点针线活儿，结果却做不了——她眼里噙着泪水，没法穿针。她叹了一口气，放下手中的活儿，然后坐在那里，怔怔地凝视前方。

"你觉得，他俩会结婚吗？"孩子母亲问。

"为什么不会呢？没人阻碍他俩。何况，他俩彼此深爱，就算四匹野马也无法将他俩分开。"

"可万一那人不好呢？"

"唔，那样的话，要是他俩不结婚，反倒是好事。"

孩子母亲摇了摇头——并非因为不同意我的观点，而纯粹是因为担忧。她觉得我不懂。毕竟，我只是一个男人……

"不过，那人挺不错的啊。"我说。

"我俩对他几乎毫无了解。离他上次来仅仅过了一星期。"

"我想，你大概忘了，他也属于你喜爱的日德兰人。"我试图让自己变得愉快一些，并接着说，"还有那双自家织的袜子——当时，你肯定一眼就瞧见了。"

"那双袜子是挺奇怪的。他不像其他人那样爱谈论自己。他对各种事物的看法，我们一无所知。"

"我们知道他对咱们女儿的看法。"我说。

"我们什么也不知道。"

"你想知道什么呢？他是一个积极上进的青年；他不会抛弃自己心爱的人。除了这些，你还想知道什么呢？他的想法？世上最不足道的就是一个人的想法。从古至今，即使最了不起的想法，也从未让一个男人变得有价值，或让一个女人生活幸福。幸福的关键在于健康……性情……生活方式。"

35 我俩的爱情

夜晚，我俩坐在门廊台阶上。

"马上就要下雨了。"孩子母亲说，"你没戴帽子，不该坐在这里。"

不久，孩子母亲便忘了这回事，我也忘了。于是我俩重新坐下。

"今晚要打雷。"我说，"树上剩下的苹果将会掉光。"

我边向孩子母亲伸出手掌，边起身准备进屋。

"下雨了。"我说，"瞧落到你连衣裙上的豆大雨滴。"

远处雷声隆隆。

"你觉得，她这会儿在哪儿呢？"

"和她的心上人在一块儿。"

孩子母亲无助地向我伸出手，同时突然大哭起来，边哭边说：

"难道你一点也不害怕吗？"

"我害不害怕……"

我抓住孩子母亲的双手，亲吻她哆嗦的嘴巴。随后，我跪倒在台阶上，头枕着她的大腿——感到焦虑不安时，我曾无数次这么做。

"我害不害怕？直到今天，我才明白什么是害怕。这关系到命运，要知道，我们女儿的命运。我怎能不害怕？对此，我又知道什么呢？我只知道，人生无常，而且毫无意义。谁也无法为自己负责，更不要说为别人负责。"

"不，我可以……"

"是啊，你……"

孩子母亲温柔地抚摸我的脸庞。但这么多年来，第一次，我对她感到莫名的恼怒。我抬起头，看着她。

"说真的，"我说，"对此，你知道什么呢？你懂什么，凭你那死板而狭隘的脑瓜……"

"嘘——嘘——"孩子母亲打断我。

我再次把脑袋枕到她腿上。现在该轮到我诉苦、她安慰了。

　　"万一发生什么……"

　　"嘘——嘘——"孩子母亲再次打断我。

　　我的慌乱反而令她变得十分镇定。

　　"哎呀，没什么可害怕的……真的。"我说，"一切正常。大概每个人心里多少都郁积着一些负面情绪吧，一遇压力就会爆发，哪怕他并无恶意，而且一再克制……今天晚上，我心烦意乱……不过，除了你，我没对任何人提过这事。"

　　"我知道。"孩子母亲说。

　　我抓住孩子母亲的双肩，看着她。我的眼眶也湿润了。

　　"她为什么就不像你呢？"我说，"她也是女孩子。而且，你是她妈妈。她为什么就不像你呢？要是像你的话，她就不会出任何差错，不太可能会……"

　　孩子母亲微笑着点点头，并抚摸我的头发。

　　"你知道……唉……你以为我不知道，在我俩的爱情中，一直是你爱得更深。你认为我不知道，退让更加了不起，而全心全意地爱一个人……你以为我不知道，世上最大的幸福，莫过于……"

"我都知道。"孩子母亲说。

说完，她望向即将完全笼罩在夜幕下的花园。

"是啊。"孩子母亲说，"从来没有比我更幸福的妻子。假如那人像你一样，女儿必定会受到很好的照顾。"

我看着孩子母亲。逐渐花白的头发下，那张脸却显得很年轻。

孩子母亲说话时十分平静，而且一脸幸福。我明白，那番话是出自真心。

我一跃而起，挺直脊背，抬起脑袋。两人心头的忧郁顿时消释。我揉了揉眼睛，开始纵声大笑，而且久久不停。孩子母亲见状，也跟着大笑起来。

"哎呀……我们两个真是……"我说，"从来没有一个姑娘的父母，曾像我俩这样。"

此时，暴雨骤至。

"现在，世上最幸福的妻子该进屋了。"我说，"不然会着凉的。"

我拉起外套领子，冲进雨里，去关闭花园大门。

36 "她在哪儿？"

风狂雨骤，电闪雷鸣，感觉整座房子都在摇晃。我俩手拉着手坐在漆黑的书房里，头顶轰隆之声不绝于耳。此时，孩子母亲说了今天她已重复无数次的同一句话。但这次，她说那句话，纯粹是因为恰巧想起女儿，而且话里听不出任何害怕了。

"你觉得，她这会儿在哪儿呢？"

"和她的心上人在一块儿。"

雨下个不停。

"她带伞了吗？"孩子母亲又问。

"唔……我将……"我说。

我俩哈哈大笑。虽然她也流了些眼泪，但并无关系。

37 "和她的心上人在一块儿"

暴风雨结束了。夜幕完全降临。我俩在花园等待女儿回家。雨后的空气格外清新。树木恢复挺立，不再左摇右摆。雨珠不断从树上掉落。暴风雨打落无数玫瑰花瓣，使整个花台变得通红一片。

"真高兴，没有全部让暴风雨打坏。"我说。

我在花台边俯下身，仔细检查玫瑰受害情况。孩子母亲站在一旁，看着我。

"对了，"我接着说，"我俩去把她的房间收拾一下吧。"

于是，我俩来到楼上女儿的房间。一打开灯，发现里面凌乱不堪。孩子母亲一边收拾，一边摇头。

"等她有了自己的家，就会改变的。"孩子母亲说。

我笑话孩子母亲其实已开始接受女儿的事，却非要说得这么拐弯抹角。收拾完房间，孩子母亲又去拿了几支新蜡烛，插到书桌的烛台上。接着，我俩再次前往花园，把仍完好无损的玫瑰全部采了，然后回到女儿房间，摆在桌子、窗台和洁白的小床上。孩子母亲又想起，女儿非常喜欢花园尽头那些美丽的蓝色花儿，于是如小姑娘般兴冲冲地跑下楼去。我则记起一株桦树——树下供女儿年幼时坐的小长椅至今仍在——于是也前往花园，从那株桦树上折了一些树枝，带回女儿房间，插到镜子和墙上挂着的几幅画背后。

"现在，整个房间漂亮多了。"我说。

"是啊。"孩子母亲附和。

"我俩每人给她一封短信吧，"我接着说，"写完就去睡觉。"

于是，我俩来到楼下，开始写信。

孩子母亲写了足足四页，字迹工工整整；写的过程中，握笔的手一直在颤抖，泪珠不断落到信纸上。虽从未读过那封信，但我完全知晓她写的每一个字。

而我写了两首诗。那是过去我为心爱之人所作的。

写完后，我俩回到楼上女儿的房间，把各自的信立在书桌的烛台边。

"现在，整个房间看着多么漂亮啊！"孩子母亲赞叹。

"是啊。"

孩子母亲双手抓着门框，凝望窗外。

我轻轻掰开她的手，把她拉向自己。

"咱们去睡觉吧。"我说。

"你觉得她这会儿在哪儿呢？"

"和她的心上人在一块儿。"

（全书完）

译后记

　　丹麦童话家卡尔·埃瓦尔所著的《你是所有的美妙》内含两部分，它们主题相近，风格一致，通过一系列看似琐碎的日常小事，表现出一位父亲对子女深沉的爱。全书到处散落着富于智慧的格言，文笔朴实、简练，感情诚挚又不乏诙谐，读来令人动容，发人深省。

　　《亲爱的儿子》生动描述了从儿子出生至儿子上学前、一对父子共同经历的一系列小事。书中父亲既肯定儿子正确的做法，也指出儿子错误的行为，以此教导儿子做人应该独立、诚实、守信、不恃强凌弱，等等。通过这位父亲，作者表达了超越时代的育儿理念与人生价值观——直至今日，仍值得我们学习。

　　《亲爱的女儿》主要讲述女儿从情窦初开、盲目追求爱情至最终找到真爱的经过。对于女儿的恋爱与婚姻，书中父亲的做法令人印象深刻。他深爱女儿，并为女儿的婚事操心，一如天下大多数父母。同时，他更以自己的人生经验，帮助女儿从错误的关系中抽身，引导女儿去追求真正的幸福。在我看来，这是一位父亲对子女最好的爱。我们都曾经历青春期的迷茫，当时的我们，多么渴望得到这样的指引！

衷心感谢丹麦朋友米克尔（Mikkel Tang Ørnebjerg）。此书年代久远，又是丹麦人所著，幸亏得到米克尔帮助，我才能最大程度保证译文的准确性。此外，还要感谢英国朋友苏珊（Susan Kingsley）。在我从事文学翻译的这些年，苏珊给予了巨大帮助。此次，也是通过她，我才得以与米克尔相识。

身为两岁女儿的父亲，我也曾焦急等待孩子降生，操心孩子的成长，一如书中那位父亲。与众多父母一样，我恨不得为女儿付出全部的爱，但对于如何帮助女儿养成良好的行为习惯和积极的性格，却毫无经验。有幸阅读并翻译此书，真的受益匪浅。希望读者朋友能喜欢此书，读后也能有所收获。

楼武挺

卡尔·埃瓦尔 Carl Ewald

(1856 – 1908)

丹麦童话作家

曾担任过林务官、教师、记者和自由撰稿人

与安徒生并称为"丹麦童话王国的两座高峰"

代表作:《老柳树及其他故事》《蜂后及其他自然故事》《池塘》
《两条腿》《你是所有的美妙》等

楼武挺

生于1984年,文学翻译,浙江象山人

已出版译作:

《突然,响起一阵敲门声》《黄鸟》《永别了,武器》
《心是孤独的猎手》《你是所有的美妙》等

你是所有的美妙

产品经理｜李　静　　装帧设计｜叶　晨
营销经理｜王琪美　　特约印制｜路军飞
技术编辑｜陈　杰　　出 品 人｜曹　曼

图书在版编目（CIP）数据

你是所有的美妙 ／（丹）卡尔·埃瓦尔著 ； 楼武挺
译. -- 昆明 ：云南美术出版社，2018.6
ISBN 978-7-5489-3230-7

Ⅰ. ①你… Ⅱ. ①卡… ②楼… Ⅲ. ①儿童故事－作
品集－丹麦－现代 Ⅳ. ①I534.85

中国版本图书馆CIP数据核字（2018）第117682号

责任编辑：梁　媛
装帧设计：叶　晨
责任校对：李　平

你是所有的美妙

[丹] 卡尔·埃瓦尔 著　楼武挺 译

出版发行：云南出版集团
　　　　　云南美术出版社（昆明市环城西路 609 号）
制版印刷：河北鹏润印刷有限公司
开　　本：1092mm × 787mm 1/32
字　　数：150 千字
印　　张：7.5
印　　数：1–7,000
版　　次：2018 年 8 月第 1 版
印　　次：2018 年 8 月第 1 次印刷
书　　号：ISBN 978-7-5489-3230-7
定　　价：39.00 元

如发现印装质量问题，影响阅读，请致电联系（021-64386496）调换